Астрид Лавелл

ИСКРА ВО ТЬМЕ

Romantasy

Заря Этерии

ИСКРА ВО ТЬМЕ

Астрид Лавелл

The Dawn of Aetheria

SPARK IN THE DARK

ASTRID LOVELL

© Макс Мендор 2025

© Max Mendor 2025

© Glagoslav Publications 2025

www.glagoslav.com

www.svarog.nl

ISBN: 978-1-80484-223-2

Никакая часть настоящего издания не может быть
воспроизведена, сохранена в поисковых системах или передана
в любой форме и любыми средствами (электронными,
механическими, фотокопированием, записью или иным
образом) без предварительного письменного разрешения
издателя. Запрещается распространение данного издания
в иной обложке, переплете или формате, отличном от
первоначально одобренного издателем, без наложения на
каждого последующего получателя тех же условий
и настоящего охранного уведомления.

Астрид Лавелл

ИСКРА ВО ТЬМЕ

Romantasy

SVAROG BOOKS

Содержание

Глава 1. Зола и Тьма

Зола – вот чем дышал мой мир. Не седая пыльца остывшего очага, а едкая, горькая пыль Сумрачной Порчи. Она неотвратимо пожирала Этерию, отравляла плоть земли и воду, вытягивала жизнь из всего, к чему прикасалась. За собой Порча оставляла мертвые пустоши, где ветер гонял обугленные клочья, да леденящий душу шепот проклятых – созданий, некогда бывших людьми, зверьми, даже травами.

Предания шептали, что когда-то в Крайдоле, нашем затерянном у подножия Сумрачных Клыков поселении, цвели яблоневые сады. Старики еще помнили те времена, и их рассказы звучали сказкой, глядя на наши вросшие в землю дома из грубого камня и почерневшего дерева. Но это было до того, как тень пала на наши земли, до того, как магия из благословения обратилась в клеймо, а дар – в проклятие.

Меня зовут Элара. Моя магия, Животворящая Искра – так благоговейным шепотом называла ее старая целительница Мира, единственная, кто хранил тайну, – была для меня веригами, а не даром. Способность вернуть румянец увядшему цветку или унять боль от царапины здесь, в мире, где ценились лишь холодная сталь и мозолистые руки, не стоила и медяка. Хуже – навлекала косые взгляды и трусливый шепот за спиной. В Этерии тех, кто обладал магией, боялись и ненавидели не меньше самой Порчи. Я научилась прятать свою Искру, душить ее, стыдиться, как заразной хвори. Иногда мне казалось, что она – лишь иное проявление той же тьмы.

Сегодняшний день был неотличим от сотен других. Я потрошила рыбу на задворках таверны «Пронырливый Енот» – заведения, пропахшего отчаянием и прокисшим элем. Только здесь матушка Гретта, хозяйка с руками-окороками и тяжелым нравом, платила мне несколько монет за самую грязную работу. Вонь рыбьих потрохов и затхлой воды въелась в мою кожу, в ветхую тунику. Этот запах преследовал меня, как клеймо.

«Элара! Не копайся, как сонная мокрица! Лорд Рейнард улов к обеду ждет!» – проскрипел голос матушки Гретты из засаленного кухонного окна.

«Уже, матушка Гретта!» – крикнула я, стараясь, чтобы голос звучал услужливо, а не так, как я себя чувствовала – выжатой и голодной. Лорд Рейнард, наш самозваный «правитель», сальный тип с бегающими глазками и влажными ладонями, которые так и норовил положить мне на плечо. Мысль, что эта рыба для него, вызывала тошноту.

Именно в тот миг, когда я скоблила последнюю чешуйку, земля содрогнулась. Легкая вибрация, будто далеко в горах исполинский зверь вздохнул во сне. Куры в загоне испуганно закудахтали. Я замерла, нож застыл в руке.

А потом небо рухнуло.

Словно кто-то невидимый набросил на солнце черный бархат. Мир погрузился в зловещие сумерки. Ледяной холод пробрался под тунику, заставив зубы застучать. Люди на площади застыли изваяниями, их лица, обращенные к потемневшему небу, исказились животным ужасом. Все смолкло. Оглушительная тишина придавила поселение своей тяжестью.

И в этой мертвой тишине раздался стук копыт.

Размеренный, тяжелый, неумолимый. Каждый удар отдавался в моей груди тревожным толчком. Из тени у северных ворот выехали пятеро всадников, словно сотканные из мрака. Их доспехи цвета вороненой стали поглощали свет, а глаза могучих коней горели багровым огнем. От них веяло могильным холодом.

Но не они приковали мой взгляд.

Впереди, на жеребце чернее ночи, ехал он. Лорд Каэден.

Имя, которое в Этерии произносили шепотом. Синоним безжалостной силы Ноктурна, темной цитадели в сердце Сумрачных Клыков. Правая рука Повелителя Тьмы, чьи легионы обращали земли в пепел. Говорили, его сердце выковано изо льда, а в жилах течет сама Тьма.

Он возвышался в седле, его фигура источала несокрушимую волю – физически ощутимое давление. Иссиня-черные пряди обрамляли лицо, отточенное ледником: резкие скулы, непреклонный изгиб губ. Но глаза... я ощутила их стылую мощь даже с другого конца площади. Оттенок грозовых туч со стальными отблесками, пронзающими насквозь. На бедре, в черненых ножнах, покоился меч; его рукоять, инкрустированная камнями цвета застывшей крови, впитывала свет, сгущая тьму вокруг.

Он остановил коня перед таверной. Молчание на площади стало таким плотным, что готово было треснуть. Даже матушка Гретта застыла на пороге, ее лицо стало пепельно-серым.

Лорд Каэден медленно обвел взглядом оцепеневших людей. Его тонкие губы изогнулись в холодной, хищной усмешке. Голос, когда он заговорил, был низким, бархатным, но со стальными нотками, от которых по спине пробежал озноб.

«Я ищу девушку, – произнес он, и каждое слово эхом отдавалось в тишине. – Ее зовут Элара».

Мое сердце пропустило удар, а затем заколотилось так гулко, что, казалось, его стук слышит вся площадь. Рыбий нож выпал из ослабевших пальцев и со звоном ударился о камни. Все взгляды – испуганные, любопытные, злорадные – мгновенно обратились ко мне. Я почувствовала себя обнаженной перед неумолимой судьбой.

Лорд Каэден лениво проследил за их направлением. Его холодные, пронзительные глаза встретились с моими. И в этот миг я поняла с парализующей ясностью: зола, которой дышал мой мир, была лишь преддверием. Настоящая тьма только что пришла за мной.

Кровь отхлынула от лица. Инстинкт заставил меня вскинуть подбородок.

«Вы ошиблись, милорд, – мой голос прозвучал на удивление твердо, хотя внутри все дрожало. – Меня зовут... Лина».

Ложь сорвалась с языка. Глупо. Безнадежно.

Уголок его губ дрогнул в предвкушении хищника, заметившего последний, обреченный рывок жертвы.

«Лина? – протянул он, и в бархатном голосе послышался беззвучный смех, острый, как осколок льда. – Та, что отчаянно пытается скрыть запах рыбы и страха? Та, чьи пальцы подрагивают так, что она едва прячет за спиной свою... – он сделал паузу, пробуя слова на вкус, – ...Животворящую Искру?»

Меня будто ударили. Это имя... его знала только Мира. Как он мог знать? Ледяной ужас сковал разум.

«Вот она, Ваша Милость! Элара! – пролепетала матушка Гретта, выталкивая меня вперед. – Девчонка непутевая! Если нужна, забирайте, нам от нее одни хлопоты!»

Лорд Рейнард уже спешил к Каэдену, согнувшись в подобострастном поклоне. «Милорд Каэден, какая честь!

Если эта девчонка вам приглянулась, мы не смеем препятствовать!»

Каэден даже не удостоил их взглядом. Все его внимание, тяжелое, как расплавленный свинец, было приковано ко мне. Он легко спешился. Движение плавное, хищное, как у черной пантеры. Он был выше, чем казался в седле; под черным камзолом угадывались мышцы воина. От него пахло озоном, холодным металлом и чем-то терпким, как гроза над выжженной землей.

Он сделал шаг ко мне. Еще один. Я хотела отступить, но ноги словно приросли к земле.

«Элара, – произнес он мое имя так, будто пробовал его на вкус. – Ты пойдешь со мной».

Это был приказ, высеченный из стали.

«Я... никуда с вами не пойду», – выдохнула я.

Один из его воинов угрожающе положил руку на рукоять меча, но Каэден остановил его легким жестом, не отрывая от меня своих пугающих глаз.

«Пойдешь, – повторил он еще тише, и в этой тишине было больше угрозы, чем в любом крике. – Твоя Искра нужна моему Повелителю. И он ее получит. Либо ты пойдешь добровольно, сохранив жизнь себе и этому... – он пренебрежительно обвел взглядом площадь, – ...забытому богами поселению. Либо Крайдол сегодня же узнает, что такое настоящая Порча. Та, что приходит с огнем и невыразимым ужасом по одному моему слову».

Лед сковал сердце. Я посмотрела на застывшие лица людей, с которыми прожила всю жизнь. На детей, что испуганно жались к матерям. Я знала, он не блефует. Его Повелитель. Темный Властелин Ноктурна. Моя Искра... Неужели она так важна?

Горький комок подкатил к горлу. Выбора не было. Моя свобода против жизней десятков людей.

«Хорошо, – прошептала я, яростно смахивая злые слезы бессилия. Я не доставлю ему удовольствия. – Я пойду. Но вы оставите Крайдол в покое».

Каэден чуть склонил голову, словно оценивая мою быструю капитуляцию. В его глазах мелькнуло холодное удовлетворение.

«Благоразумно, – коротко бросил он. Затем повернулся к воину со шрамом через все лицо. – Кассиан, приготовь для нее лошадь. И проследи, чтобы она не доставила… хлопот».

Последнее слово он произнес с ледяной интонацией. Я была для него всего лишь хлопотами.

Кассиан, молчаливый, как скала, схватил меня за локоть. Хватка была железной, не оставляющей шанса вырваться. Меня повели к лошадям. Я бросила прощальный взгляд на Крайдол. Люди отводили глаза. Никто не проронил ни слова. Лишь маленький Тимми, сын пекаря, которому я тайком лечила Искрой ушибы, смотрел на меня испуганными глазами, сжимая деревянную лошадку.

Меня подсадили на кобылу с беспокойными глазами. Лорд Каэден уже был в седле, его темный силуэт зловеще вырисовывался на фоне неба, которое начало медленно светлеть. Он дал короткий знак, и отряд безмолвно тронулся к северным воротам, в сторону Пустошей.

Я не оглядывалась.

Мы ехали молча. Лишь стук копыт да скрип седельной кожи нарушали тишину. Путь вел на север, к грозным вершинам Сумрачных Клыков, за которыми лежал Ноктурн – город вечной ночи.

Когда Крайдол скрылся за холмом, я все же украдкой обернулась. Далеко позади виднелась лишь тонкая струйка дыма из трубы таверны. Мой бывший дом. Моя прошлая жизнь.

Я снова посмотрела вперед. Лорд Каэден ехал чуть впереди, его спина была прямой и несгибаемой. Он не обращал на меня внимания, словно я была не человеком, а ценным грузом.

Или, может, он знал и так. Знал все мои страхи, всю мою боль. И ему было наплевать.

Моя Животворящая Искра... что им от нее нужно? Я не знала ответов. Но одно я знала точно: я не сломаюсь. Я найду способ выжить. Искра внутри меня – она не только для увядших цветов. Может быть, она способна зажечь огонь и в моей душе. И однажды я заставлю Лорда Каэдена пожалеть о дне, когда он приехал за девушкой по имени Элара.

Небо над нами прояснилось, но тень от его высокой фигуры следовала за мной, накрывая своим холодным мраком.

Глава 2. Дыхание Пустошей

Первые часы пути утонули в гнетущем молчании. Его нарушал лишь стук копыт по иссушенной земле да зловещее карканье воронов, круживших в выцветшем небе. Они были единственными, кто чувствовал себя здесь вольготно – черные вестники беды, следующие за нашим отрядом. Крайдол давно скрылся за грядой холмов, и с каждым шагом земля становилась все более дикой, выжженной до самого сердца.

Редкая трава сменилась колючим кустарником, цеплявшимся за россыпи камней, покрытых лишайником цвета запекшейся крови. Это были окраины Пустошей – безжизненных территорий, где безраздельно властвовала Сумрачная Порча. Я старалась не смотреть по сторонам, но взгляд натыкался на почерневшие скелеты деревьев и выбеленные кости неведомых тварей.

Меня по-прежнему вел воин со шрамом, Кассиан. Он ехал рядом, молчаливый и суровый, держа поводья моей кобылы. Его изрезанное лицо походило на карту пережитых битв. Сумрачные Клыки теперь маячили на горизонте грозной грядой, словно гигантские клыки чудовища. Каэден возглавлял отряд, его прямая спина была воплощением абсолютной уверенности. Он ни разу не обернулся, но я чувствовала его присутствие каждой частицей своего существа, словно невидимая нить связывала меня с ним.

Блеклое солнце поднялось выше, но его лучи теряли силу, касаясь проклятой земли. В тяжелом воздухе ощущался гнилостный, сладковатый запах – дыхание Порчи. Он вызывал тошноту и давящую тяжесть в груди.

Мы миновали остатки деревушки. От нее остались лишь обугленные остовы домов да сиротливо торчащая печная труба. Ни единой души. Лишь ветер тоскливо завывал в пустых глазницах окон, напевая песнь запустения. Меня передернуло. Неужели весь мир за пределами Крайдола обратился в это? В пепел и тлен?

К полудню жажда стала невыносимой. Пыль, поднимаемая копытами, царапала горло. Моя фляга осталась в Крайдоле, брошенная вместе с обломками прежней жизни. Просить этих бездушных орудий тьмы? Я до крови закусила губу. Гордость – единственное, что у меня осталось.

«Держи», – раздался хриплый голос Кассиана. Он протянул мне потертый кожаный бурдюк.

Я удивленно вскинула на него взгляд. Его лицо ничего не выражало.

«Спасибо», – прошептала я. Вода была теплой и отдавала кожей, но показалась мне даром небес.

«Лорд Каэден не желает, чтобы его приобретение пострадало до прибытия в Ноктурн», – безэмоционально пояснил Кассиан, забирая бурдюк.

Приобретение. Пленница, вот кто я. Ценная вещь для его Повелителя. Я украдкой посмотрела на Каэдена. Он давал указания дозору, и каждый его жест излучал несокрушимую власть. Он казался не человеком, а совершенным механизмом из стали и тени. И все же что-то в его силе вызывало во мне не только страх, но и странное, неохотное признание. Он был моим врагом, но он был лидером. В этом заключалась его пугающая притягательность.

К вечеру мы остановились на привал в скрытой лощине. Воины беззвучно развели бездымный костер. Мне молча бросили кусок вяленого мяса – жесткого, как подметка, – и краюху черствого хлеба. Я ела, чувствуя себя загнанным зверьком среди хищников.

Когда сумерки сгустились, а звуки ночной Пустоши стали громче, я решилась. Невыносимая неизвестность толкала меня вперед. Собрав остатки мужества, я подошла к Каэдену. Он сидел поодаль, методично точа свой длинный меч. Движения были точными, гипнотическими.

«Лорд Каэден», – позвала я, стараясь, чтобы голос не дрожал.

Он очень медленно поднял голову. В полумраке его глаза казались колодцами тьмы, в глубине которых плясали отблески костра.

«Что тебе нужно, Элара?» – в его ровном голосе прозвучало ледяное нетерпение.

«Я хочу знать, – произнесла я, сжимая кулаки. – Зачем я вам? Что вы собираетесь делать с моей Искрой?»

Он отложил меч. Во взгляде появилась холодная насмешка. «Ты полагаешь, что судьба девчонки из Крайдола так важна, чтобы я посвящал тебя в планы моего Повелителя?»

«Если моя магия ему нужна, значит, я важна, – парировала я, удивляясь собственной настойчивости. – Я не вещь! Я имею право знать, что меня ждет!»

Каэден усмехнулся – сухой, резкий звук, как треск льда. «Право? Забавно. Твое единственное право сейчас – дышать, пока я позволяю. И делать то, что прикажут». Он помолчал, его взгляд буравил меня насквозь. «Но так и быть, я удовлетворю твое любопытство. Отчасти. Твоя Искра – это ключ. Ключ к силе, способной изменить ход войны. А может, и весь этот умирающий мир».

Ключ? Моя бесполезная магия? Это казалось абсурдом.

«Но... я ничего не умею», – пролепетала я.

«Научишься, – отрезал он, его голос стал жестким, как сталь. – В Ноктюрне есть мастера, способные пробудить любую силу. Или же... – он сделал паузу, и его глаза опасно блеснули, – ...ты умрешь, пытаясь. Выбора у тебя никогда и не было».

Он снова взялся за меч, давая понять, что разговор окончен.

Я стояла ошеломленная. Во мне был ключ к чему-то огромному и ужасному. И этот ледяной лорд собирался вырвать его из меня любой ценой.

Ночь опустилась на лощину, принеся пронизывающий холод. Я дрожала, завернувшись в колючее одеяло, но не от холода, а от слов Каэдена и бездны неизвестности впереди.

Внезапно тишину разорвал пронзительный, нечеловеческий вой. Он донесся совсем близко. Один из дозорных вскочил на ноги.

«Порченые!» – хрипло выкрикнул он.

В следующий миг из зарослей выскочили три искаженные твари. Они напоминали отощавших волков, но их шерсть висела клочьями, обнажая гнойные язвы, а глаза горели голодным красным огнем. От них исходил смрад разложения и тьмы.

Воины Каэдена мгновенно образовали вокруг меня стальное кольцо. Лорд Каэден был на ногах еще до крика, его меч уже был в руке. Он двигался с нечеловеческой скоростью, встречая первую тварь.

Завязался короткий, яростный бой. Лишь рычание Порченых да лязг стали нарушали ночную тишину. Воины дрались как единый механизм, каждый их удар был точен и смертелен. Я забилась под дерево, сердце колотилось в горле. Одна из тварей, отброшенная ударом Кассиана, покатилась прямо ко мне. Ее горящие ненавистью глаза уставились на меня. Она прыгнула.

Я закричала и инстинктивно выбросила вперед руки. В тот же миг в груди вспыхнуло что-то горячее, знакомое, и обжигающей волной хлынуло через ладони.

Порченый, готовый вцепиться мне в горло, издал удивленный визг и отлетел в сторону, словно его ударило невидимым тараном. Он с глухим стуком ударился о ствол дерева и затих, его красные глаза потухли.

Все произошло так быстро, что я едва успела осознать. Я смотрела на свои дрожащие руки. Что это было?

Темная фигура возникла передо мной, заслоняя лунный свет. Лорд Каэден. Бой был окончен. На его мече блестела темная кровь Порченых. Он посмотрел на тварь у моих ног, потом на меня. Его глаза сузились, и в их ледяной глубине вспыхнул новый, незнакомый огонек – острый, оценивающий и... настороженный.

«Что. Это. Было?» – произнес он тихо, чеканя слова. В его голосе звучала угроза, от которой кровь застыла в жилах.

Я не знала, что ответить. Я сама не понимала, что произошло. И я боялась. Не только его, но и себя.

Глава 3. Эхо Мертвых Ветров

Ледяной взгляд Каэдена сверлил меня, выискивая в душе ответы, которых у меня не было. Тени от догорающих углей плясали на его лице, делая резкие черты еще более хищными. Тишина звенела в ушах, густая и давящая.

«Что. Это. Было?» – повторил он, чеканя слова. Голос был тихим, почти шепотом, отчего угроза в нем становилась осязаемой.

«Я... не знаю», – прошептала я, голос предательски дрожал. «Оно прыгнуло, я испугалась... просто защищалась».

«Испугалась?» – Каэден сделал медленный шаг ко мне, и я инстинктивно отпрянула, упершись спиной в ствол дерева. Остальные воины замерли, молча наблюдая. Кассиан хмуро разглядывал мертвую тварь, и в его глазу я впервые уловила не только суровость, но и острое любопытство с тенью опаски. «Порченые не отлетают от девичьего испуга, Элара. Не пытайся меня одурачить. Я видел достаточно магии, чтобы отличить случайность от проявления силы».

«Я не пытаюсь! – выкрикнула я, отчаяние придало мне смелости. – Я не умею это контролировать! Это просто... случается!» Я яростно смахнула непрошеные слезы.

Он долго изучал меня пронзительным взглядом, взвешивая каждое слово. Казалось, он видит меня насквозь. Наконец, он медленно кивнул, словно принял решение.

«Значит, Искра в тебе сильнее, чем мы предполагали, – произнес он задумчиво, скорее для себя. – Или ты лжешь искуснее, чем кажешься». Он снова посмотрел мне в глаза. «В любом случае, это меняет правила. До Ноктюрна ты будешь ехать рядом со мной. И без фокусов. Любая неконтролируемая вспышка, любая попытка использовать силу без моего приказа... и я лично позабочусь, чтобы ты больше не смогла колдовать. Никогда. Ты поняла?»

Я судорожно сглотнула, ледяной страх сковал меня. Угроза была реальной. Я лишь молча кивнула, не в силах вымолвить ни слова.

Остаток ночи прошел без сна. Моя Искра могла не только заживлять, но и... убивать? Мысли путались, рождая смятение. Я всегда считала свою магию чем-то светлым, тихим. Но то, что произошло... это было нечто дикое. И Каэден чего-то ждал от меня, чего-то, что выходило за рамки моего понимания.

С рассветом мы были в пути. Теперь я ехала рядом с Каэденом, и это была пытка. Его молчаливое присутствие давило, заставляло контролировать каждое дыхание. Я чувствовала его короткие, оценивающие взгляды. Я старалась не смотреть на него, но взгляд невольно возвращался к его темному профилю, к сильным рукам на поводьях. И каждый раз я чувствовала ядовитую смесь страха, ненависти и чего-то еще – запретного, пугающего любопытства к самой сути тьмы, которую он нес в себе.

Мы все глубже углублялись в предгорья Сумрачных Клыков. Пейзаж становился мрачнее. Остроконечные вершины, окутанные тучами, нависали над нами, как клыки чудовища. Воздух пах камнем, льдом и вселенским одиночеством.

Порченые встречались чаще. Воины Каэдена действовали слаженно и безжалостно. Сам Каэден дрался как демон войны, в его движениях была первозданная грация хищника. Наблюдая за ним, я испытывала смесь ужаса, отвращения и неохотного восхищения его силой, которое тут же стыдливо давила. Он был моим врагом. Но он был силен.

Во время привала у горного ручья я заметила на руке одного из воинов, молодого Лиама, глубокую рваную рану от когтей Порченого – воспаленную и опухшую. Желание помочь, прикоснуться Искрой, было нестерпимым инстинктом. Я шагнула к нему, но тут же наткнулась на ледяной, предупреждающий взгляд Каэдена. Он не отрывался от карты, но я знала – он все видит.

«Даже не думай», – тихо произнес он так, чтобы слышала только я. Голос был как удар хлыста.

Я замерла, щеки залила краска стыда и бессильного гнева. Кто он такой, чтобы запрещать мне сострадание?

К вечеру третьего дня мы вышли к руинам древнего города. Полуразрушенные башни, сохранившие следы былого величия, тянулись к свинцовому небу. Ветер завывал среди пустых окон, как скорбящий дух. От этого места всяло древней магией и смертью.

«Цитадель Ветров, – неожиданно произнес Каэден, и в его голосе мне почудились незнакомые, меланхоличные нотки. – Когда-то величайший город магов воздуха. Но это было давно. До Прихода Тени».

Я с трепетом смотрела на мертвый город. Когда-то магия была не проклятием, а силой, способной создавать такое величие?

«Здесь мы заночуем, – его голос снова стал холодным. – Это место проклято, даже Порченые его обходят. Но люди... – он сделал паузу, – ...иногда опаснее любых тварей».

Мы расположились в здании, похожем на храм. Пока воины устраивали лагерь, Каэден подозвал меня.

«Ты видела, что твоя Искра сделала с той тварью, – начал он без предисловий. – Это была чистая энергия жизни, обращенная вовне. Сила, способная не только исцелять, но и разрушать то, что искажено Порчей. Древние тексты говорят, что такие Искры, как твоя, – живое оружие против Тени. Потенциально – самое мощное».

Я слушала, затаив дыхание. Живое оружие... Неужели это обо мне?

«Мой Повелитель верит, – продолжал Каэден со стальной уверенностью, – что такая Искра способна очистить землю от Сумрачной Порчи. Вернуть Этерии жизнь». Он сделал паузу, его глаза впились в мои. «Но для этого нужен абсолютный контроль. И несокрушимая воля. А у тебя, девочка, пока нет ни того, ни другого. Лишь слепые инстинкты и страх».

«Но зачем все это вашему Повелителю? – не удержалась я. – Разве он не должен радоваться Порче?»

На его губах появилась сардоническая усмешка. «Ты слишком мало знаешь. Пойми одно: мой Повелитель стремится к порядку. Абсолютному. А Сумрачная Порча – это хаос. Неконтролируемый, всепожирающий хаос. И он будет уничтожен. Любой ценой».

Его слова, полные фанатичной уверенности, эхом отдавались в голове. Порядок через уничтожение... Это звучало пугающе благородно. Но я видела холод в его глазах и не могла поверить в чистоту целей Темного Властелина.

Внезапно снаружи донесся пронзительный свист – сигнал дозорного. Каэден мгновенно вскочил, его рука метнулась к мечу.

«Посторонние! – крикнул воин из дверного проема. – Не Порченые. Люди. Много. И вооружены!»

Каэден бросил на меня быстрый, жесткий взгляд. «Оставайся здесь. Не вздумай бежать. Попытаешься – найду и пожалеешь, что родилась».

С этими словами он выскользнул из зала, его темная фигура растворилась в тенях, словно он сам был их частью. Снаружи тут же послышались яростные крики и лязг стали. Новая опасность, на этот раз – человеческая. И я снова была в ее эпицентре, одна, в проклятом городе, среди эха мертвых ветров.

Глава 4. Танец Стали и Искры

Яростные крики и скрежет стали ворвались в тишину, эхом отражаясь от древних камней. Я замерла, сердце в панике забилось о ребра. Люди. Спасители или новые враги? В этом умирающем мире граница между ними была обманчиво тонка.

Каэден растворился в тенях, словно был их порождением, оставив лишь приказ: «Не вздумай бежать». Куда? В тьму, кишащую не только Порчеными, но и этими неведомыми воинами? Это было бы безумием.

Звуки боя приближались: гортанные выкрики на грубом наречии, звон мечей и короткие, обрывающиеся вопли. Страх ледяными пальцами сжимал горло. Я забилась за обломки крылатой статуи, когда в проеме мелькнули две тени. Это были не воины Каэдена. Их доспехи из грубой кожи, усиленной металлом, тускло поблескивали. Лица скрывали звериные маски, в руках – зазубренные топоры.

Один из них, массивный, с бычьей шеей, заметил меня. «А вот и пташка! – прохрипел он, обнажив под маской желтые зубы. – Хозяин будет доволен. Он обещал награду за девчонку с волосами цвета пламени».

Они искали меня. Паника накрыла с головой. Я вскочила, ища путь к отступлению.

«Не трогай ее», – раздался ледяной голос, от которого по спине пробежали мурашки узнавания и постыдного облегчения.

　　　　　

Лорд Каэден. Он вырос из теней зала, бесшумный, как призрак. С его меча капала темная кровь. Увидев его, нападавшие на миг замерли, но, взревев от ярости, бросились на него с обеих сторон.

Это был смертоносный танец. Его меч парировал и наносил удары, становясь продолжением его воли. Вспышки стали, короткие вскрики, глухие удары – все закончилось за несколько вдохов. Один рухнул с перерезанным горлом, второй сполз по стене, оставляя кровавый след.

Каэден стоял над ними, его грудь тяжело вздымалась, лицо оставалось непроницаемым. «Кассиан! – его голос был резок, как удар кнута. – За мной! Очистить восточное крыло!»

И он снова исчез, его воины последовали за ним призрачной стаей. Я осталась с двумя трупами и колотящимся сердцем. Бой затихал в глубине руин. Приказ Каэдена – «не двигаться» – ледяным клеймом отпечатался в сознании.

Но сквозь шум крови в ушах я услышала тихий стон.

Он доносился из-за обломков стены. Пересилив страх, я осторожно выглянула. Там, на камнях, скорчившись от боли, лежал Лиам, тот самый молодой воин. Из его бедра торчал обломок черной стрелы, вокруг быстро расплывалось темное пятно крови.

Сердце сжалось от острой жалости. Он был моим похитителем, но сейчас – лишь раненый мальчишка, такой же пешкой в чужой игре, как и я. Приказ Каэдена был противен самой моей сути. Я не могла стоять и смотреть, как он умирает.

Оглядевшись, я подбежала к Лиаму. «Тише, – прошептала я. – Я попробую помочь».В его глазах мелькнула слабая, отчаянная надежда.

Стрела вошла глубоко. У меня не было трав, которым учила Мира. Была только моя опасная, неконтролируемая Искра.

Я закрыла глаза, призывая тепло, что вспыхнуло прошлой ночью. Оно пришло – сначала еле заметное, потом уверенное, как ручеек жидкого света, текущий из самой моей души. Я осторожно положила руки на рану, чувствуя под пальцами горячую, липкую кровь. Всем сердцем я пожелала, чтобы боль ушла, чтобы кровотечение остановилось. Я чувствовала, как под моими ладонями расслабляются его мышцы, как замедляется и густеет кровь.

Когда я открыла глаза, выжатая до капли, но странно умиротворенная, Лиам смотрел на меня с изумлением. «Ты... колдунья», – прошептал он, и в его голосе не было страха, лишь чистое удивление. И благодарность.

«Что здесь происходит?!»

Ледяной голос Каэдена ударил, как хлыст. Он стоял в проеме, с его меча все еще капала кровь. Бой, очевидно, закончился. Его взгляд метнулся от меня к Лиаму, и лицо окаменело, превратившись в непроницаемую маску. В глазах вспыхнул яростный огонь.

«Я же приказал тебе не двигаться», – прошипел он, делая угрожающий шаг. «Я... просто хотела помочь, – пролепетала я, отдергивая руки. – Он мог умереть...»

«Помочь? – Каэден усмехнулся с ледяной яростью. – Ты хоть понимаешь, что наделала, глупая девчонка?» Он схватил меня за руку, пальцы сжались, как тиски. «Использовать силу так открыто, здесь?! Думаешь, это игра?!»

«Я не думала! Я не могла иначе!» – слезы обиды и гнева обожгли глаза.

«Вот именно! Ты не думала! – его голос поднялся до крика, и от этого задрожали стены цитадели. – Твоя Искра – не игрушка, идиотка! Это оружие! Опасное, непредсказуемое! Ты чуть не выдала нас всех! Если бы те, кто напал, были из Ордена Очищения...»

Он не договорил, но от одного названия у меня внутри все похолодело. Охотники на магов.

Внезапно Кассиан, осматривавший рану Лиама, поднял голову. «Лорд Каэден, – его голос был тверд, как камень. – Стрела отравлена. Быстродействующий яд. Если бы не она, Лиам был бы уже мертв».

Каэден замер. Его хватка на моей руке ослабла. Ярость в его глазах не угасла, но теперь в ней плескалось что-то еще – шок, недоверие и что-то неуловимое, отчего у меня мучительно сжалось сердце.

Тишина в зале стала оглушительной.

«Отведите Лиама в лагерь, – глухо произнес Каэден, отпуская мою руку. – Удвойте дозоры. Уходим на рассвете».

Он бросил на мсня долгий, печитаемый взгляд, развернулся и растворился в тенях, оставив после себя лишь холод и нсдосказаппость.

Я осталась дрожать – от страха, от опустошения и от невыносимого напряжения, натянутого между мной и Лордом Тьмы, как струна.

Глава 5. Ворота Тьмы

Ночь в Цитадели Ветров была долгой и рваной. Напряжение висело в воздухе, густое, как вековая пыль. Ветер завывал в пустых глазницах окон, а тени от костра плясали на стенах пугающими образами.

Лиама перенесли к огню. Кассиан, суровый и молчаливый, умело извлек обломок стрелы и обработал рану остро пахнущими травами. Было ясно, что без моей Искры воин не дожил бы до рассвета. Я видела это во взглядах Кассиана – в них уже не было прежней враждебности, лишь суеверная настороженность и неохотное уважение. Остальные воины теперь обходили меня стороной, словно опасного зверя. Они боялись. И это было странное, опьяняющее чувство.

Я сидела в стороне, опустошенная после использования Искры, но в душе, там, где был только страх, шевелилось что-то новое. Осознание. Моя магия была силой. Настоящей, живой силой, способной противостоять тьме. Это пугало, но одновременно давало отчаянную надежду. Надежду, что я не просто пешка. Что я могу бороться.

Когда большинство воинов уснуло, ко мне бесшумно подошел Лорд Каэден. «Нам нужно поговорить», – его голос был тихим, но твердым, как сталь. Он сел напротив, и пляшущее пламя между нами искажало его черты, превращая его лицо то в маску безжалостного божества, то в оскал зверя.

«Я слушаю», – ответила я, сердце забилось быстрее.

«Ты спасла ему жизнь, – начал Каэден, кивнув в сторону спящего Лиама. В его голосе не было ни благодарности, ни одобрения, лишь сухая констатация факта. – Но то, как ты это сделала... – он наклонился вперед, его глаза впились в меня, как раскаленные угли, – ...безрассудно. Опасно. Ты хоть понимаешь, какой силой обладаешь? Ты не просто оттолкнула ту тварь. Ты ее уничтожила. Испепелила».

«Я начинаю понимать, – тихо сказала я. – Но я не знаю, как ею управлять. Она выходит сама, когда я напугана. Или когда кто-то в опасности».

«Просто выходит», – медленно повторил он с режущим сарказмом. «Элара, твоя Искра – это не ручей, а сокрушительная лавина. И ты стоишь посреди этого потока, не имея понятия, как не утонуть».

«Так научите меня!» – слова вырвались прежде, чем я успела подумать. Я тут же прикусила язык, испугавшись собственной дерзости.

Каэден удивленно поднял бровь. «Научить? Ты просишь меня, слугу Повелителя Тьмы, научить тебя управлять силой, которая враждебна всему, чему я служу?»

«Вы сами сказали, что моя Искра нужна вашему Повелителю, – возразила я, набираясь отчаянной смелости. – Если я не научусь ее контролировать, то могу быть бесполезна. Или опасна для ваших планов. Вы же не хотите, чтобы я случайно испепелила половину Ноктурна?»

Он долго смотрел на меня, и на его губах появилась холодная, лишенная тепла усмешка. «Ты не так глупа, как кажешься. В твоих словах есть доля истины. Неконтролируемое оружие опасно для всех». Он помолчал, взвешивая решение. «Я не наставник магии Света. Но я знаю о силе. И о дисциплине. Возможно, я смогу дать тебе основы. Достаточные, чтобы ты не взорвалась в неподходящий момент. И стала... более полезной».

Это звучало как сделка с Тенью. Но выбора у меня не было. «Что я должна делать?» – спросила я.

«Слушать и повиноваться беспрекословно, – отрезал он. – Никаких импульсивных поступков. Твоя Искра откликается на твои эмоции. Научись контролировать их – научишься контролировать и Искру. А теперь спи. На рассвете уходим. И этот разговор останется между нами».

С этими словами он отошел, оставив меня с мыслями и крошечным, злым огоньком решимости. Я научусь. И однажды использую эту силу так, как захочу сама.

Утром мы покинули руины. Атмосфера в отряде была напряженной. Лиам, слабый и бледный, уже мог сидеть в седле. Когда наши взгляды встретились, он едва заметно кивнул. Этот жест не укрылся от Каэдена, но он ничего не сказал.

Путь стал еще сложнее, мы поднимались все выше. Каэден подвергал меня постоянным испытаниям. Когда я спотыкалась, он цедил: «Сосредоточься. Твое тело – твой первый инструмент». Когда я отшатывалась от горной птицы, он холодно замечал: «Страх – это яд. В Ноктюрне такие не выживают и дня».

Это были не уроки, а жестокая проверка на прочность. Но я стискивала зубы и вслушивалась, пытаясь уловить скрытый смысл. Он был прав.

Однажды, в узком ущелье, моя лошадь оступилась. Я вскрикнула, теряя равновесие, но сильная рука Каэдена схватила меня за предплечье, удерживая от гибели. Его лицо оказалось в дюймах от моего, и я на мгновение утонула в его глазах цвета грозового неба. В них не было ни злости, ни насмешки. Только предельная сосредоточенность и что-то еще, отчего у меня перехватило дыхание.

«Держись крепче, Элара, – его голос был хриплым рычанием. – Ты нужна Повелителю живой. Пока».

Он рывком втащил меня в седло, словно мое прикосновение обжигало. Но жар от его пальцев еще долго горел на моей коже, смешиваясь со страхом и новым, тревожным чувством.

К вечеру пятого дня мы вышли к отвесной скале. У ее подножия темнел узкий проход. «Прибыли, – коротко бросил Каэден, спешиваясь. – Это Ворота Ноктурна. Тайный путь в самое сердце владений моего Повелителя».

Ворота Ноктурна. Я посмотрела на темный зев в скале, откуда тянуло могильным холодом, и меня охватил озноб. Конец одного пути. И начало другого, еще более страшного.

Каэден протянул мне амулет на кожаном шнурке – гладкий черный камень с вырезанной на нем руной, похожей на застывшего паука. «Надень. Он скроет твою Искру. Не снимай его ни при каких обстоятельствах. Поняла?»

Я молча кивнула, беря амулет. Он был тяжелым и холодным, как осколок ночи.

«Хорошо, – сказал Каэден. – Потому что с этого момента ты вступаешь в мир, где ошибка стоит не просто жизни. Она стоит души».

Он шагнул в темноту, и его воины последовали за ним, их фигуры растворились во тьме. Выбора у меня не было. Сглотнув комок страха, я надела амулет. Камень холодно лег на кожу, и я почувствовала, как моя Искра сжалась, подавленная его темной энергией. Словно часть меня умирала.

И я шагнула во тьму, вслед за Лордом Каэденом, навстречу своей судьбе.

Глава 6. В Чреве Горы

Тьма в туннеле была плотной, как сырое погребальное одеяло. Камень под ногами – влажный и скользкий. Воздух
пах вековой сыростью и чем-то неуловимо металлическим,
словно в глубинах горы ржавели древние механизмы. Амулет на шее вытягивал остатки тепла. Я чувствовала, как
моя Искра, обычно теплящаяся в груди, сжалась под его
гнетом, стала тусклой, чужой. Будто отняли часть меня,
оставив лишь холодную оболочку.

Отряд двигался быстро и бесшумно, словно воины
родились в этих недрах. Факел был только у Кассиана,
замыкавшего шествие, и его пляшущий свет выхватывал
из мрака дрожащие участки туннеля, оставляя остальное
во власти живых, зловещих теней. Я старалась держаться
ближе к высокой фигуре Каэдена. Не из доверия – мысль
потеряться в этом удушающем лабиринте была страшнее
его ледяного присутствия.

Один раз, когда туннель резко ушел вниз, я оступилась
и инстинктивно коснулась его спины. Он напрягся, не
обернувшись. Под моей ладонью, сквозь грубую ткань, я
на мгновение почувствовала живое тепло – шокирующий
островок жизни в этом мертвом подземелье. Я тут же отдернула руку, словно обжегшись, щеки вспыхнули от стыда
и острого смятения.

Путь казался бесконечным. Мы миновали узкие прохо-
ды, гулкие пещеры и шаткий веревочный мост над черной

пропастью. Каэден силой провел меня по нему, его рука, как сталь, крепко сжимала мой локоть, не давая поддаться панике.

Наконец, впереди забрезжил свет. Мы вышли в огромную подземную каверну.

Я невольно ахнула.

Это был город, высеченный в сердце горы. Исполинские колонны из черного камня, покрытые витиеватой резьбой с изображением кошмарных чудовищ и кровавых битв, уходили ввысь, теряясь во мраке. Между ними на разной высоте сплетались в лабиринт изящные мосты и галереи. В стенах каверны, словно гнезда хищных птиц, лепились строения, их окна-бойницы светились багровым или мертвенно-синим магическим светом. Пахло озоном, расплавленным металлом и тяжелыми пряными благовониями, от которых кружилась голова. Ноктурн. Город Теней.

Его давящее величие вызывало одновременно трепет и первобытный ужас. По пандусам двигались многочисленные фигуры: воины в черных доспехах, слуги в бесформенных одеждах, спешащие с опущенными головами. И... кто-то еще. Я с содроганием заметила высоких, невероятно тонких существ с кожей цвета пепла и огромными, горящими глазами без зрачков. При их появлении даже воины Ноктурна торопливо уступали дорогу. От одного их вида у меня по спине пробегал холодок.

Нас провели по гулким залам, украшенным гобеленами со сценами триумфа Повелителя, и по длинным извилистым коридорам. Никто не обращал на меня внимания – все взгляды, полные страха и подобострастия, были прикованы к Лорду Каэдену.

Наконец, мы остановились перед тяжелой, окованной железом дверью. «Это твоя комната, – произнес Каэден, его голос был лишен эмоций. – Здесь ты будешь жить, пока мой Повелитель не решит твою судьбу. Любые попытки к бегству или неповиновению... – он сделал паузу, его глаза блеснули холодным, предупреждающим огнем, – ...будут иметь самые болезненные последствия. Ты не захочешь испытать гнев Повелителя. Или мой».

Комната была небольшой, похожей на келью аскета: грубо отесанные стены, узкое зарешеченное окно под потолком, простая кровать, стол и стул. Моя тюрьма.

«Тебе принесут смену одежды, – продолжил Каэден безразличным тоном. – Служанка будет приходить убирать. Не пытайся заговорить с ней. Все твои просьбы – только через меня. Понятно?»

Я молча кивнула, чувствуя, как нарастает холодное отчаяние. Я была в ловушке.

«Хорошо». Он уже повернулся, чтобы уйти, но остановился. «Амулет, – сказал он, не оборачиваясь. – Не снимай его. Никогда. Он не только скрывает твою Искру. Он также... защищает тебя. От некоторых... сущностей, которые обитают в нижних уровнях Ноктурна и очень падки на чистую магию жизни».

Он вышел. Дверь захлопнулась с финальным стуком, скрежетнул тяжелый засов. Я осталась одна.

Я опустилась на жесткую кровать. Тело болело от изнурительного пути. Я прикоснулась к амулету. Защищает? Или подавляет, делая меня еще беспомощнее? Я попыталась дотянуться до своей Искры, но она была где-то далеко, за глухой стеной, приглушенная, неощутимая. Словно у меня отняли последнюю опору.

Я подошла к окну, но сквозь решетку виднелся лишь унылый участок скалы и далекие отблески враждебных огней. Я была пленницей. Но я не сдамся. Даже здесь, в этом городе вечной ночи, я буду бороться. За себя. За свою Искру. За жизнь.

Тишину нарушил скрежет кормушки в двери. В проеме показалось изможденное женское лицо с потухшими глазами. Служанка молча поставила на пол глиняную миску с жидкой похлебкой и кусок хлеба, а затем исчезла.

Я снова коснулась амулета. Что-то в последних словах Каэдена, в его неожиданном, почти человеческом предупреждении, не давало мне покоя.

Что это за сущности? И почему моя слабая Искра так привлекательна для них?

Ноктюрн хранил свои зловещие тайны, и я чувствовала, что только начала к ним прикасаться. И это прикосновение могло оказаться смертельным.

Глава 7. Шепот Камня и Тени

Дни в каменной клетке тянулись, как застывающая патока, неотличимые друг от друга. Гнетущую тишину нарушали лишь мои шаги по холодному полу да далекие стоны самой горы, усиливая чувство изоляции. Я жила в мучительном ожидании – приказа, испытания или конца, который мог стать избавлением.

Три раза в день дверь со скрежетом отпиралась. Молчаливая служанка с лицом, высеченным из того же камня, что и стены Ноктюрна, приносила безвкусную похлебку и черствый хлеб. Она никогда не смотрела мне в глаза, ее движения были механическими. Я пыталась заговорить с ней, но она не отвечала. Ее молчание было еще одной стеной моей тюрьмы.

Единственным развлечением оставалось окно. Взобравшись на стол, я видела внутренний двор, где с пугающей точностью маршировали закованные в черное воины, а безликие слуги спешили по своим делам. Иногда там появлялись те нечеловеческие существа – высокие, худые, с кожей цвета пепла и горящими без зрачков глазами. Даже гордые воины Ноктюрна со страхом уступали им дорогу. От одного их вида у меня по спине пробегал холодок, а Искра сжималась от инстинктивной тревоги.

Лорд Каэден не появлялся. День, второй, третий... я сбилась со счета. Его отсутствие было так же ощутимо, как и прежнее давящее присутствие. Я не знала, радоваться этому или беспокоиться еще больше. Неизвестность сводила с ума.

Я пыталась достучаться до своей Искры. Амулет на шее ощущался как холодный ошейник, подавляющий мою силу. Но я не сдавалась. Садилась на пол, закрывала глаза и искала тот потаенный источник света. Иногда, после долгих усилий, я чувствовала слабый отклик – словно далекая звезда мерцала сквозь плотные тучи. Этого было ничтожно мало, но это была надежда.

Я также начала тайком тренироваться. Тело, ослабевшее от скудной еды, нуждалось в движении. Приседания, отжимания, растяжка – каждое движение отдавалось болью, но я стискивала зубы. Это был мой маленький бунт.

Кажется, на пятый день заточения дверь открылась, и на пороге появился Лорд Каэден. Безупречный и опасный, как всегда. В руках он держал несколько старых книг. Я вскочила, сердце бешено заколотилось.

«Скучаешь, Элара?» – спросил он со знакомой холодной усмешкой.

«Здесь не так много развлечений, милорд», – ответила я, стараясь, чтобы голос звучал безразлично.

«Возможно, это поможет просветить твой невежественный разум». Он небрежно положил книги на стол. «История Этерии. Основы мироздания. И немного местного фольклора».

«Зачем мне это?»

«Знание – сила. Или, по крайней мере, способ не наделать глупостей, – его взгляд был холоден и оценивающий. – Мой Повелитель предпочитает, чтобы его…инструменты… – он сделал ударение на этом слове, и я сжалась от унижения, – …были хотя бы минимально осведомлены. Читай. Возможно, поймешь, в какую опасную игру ты ввязана».

Он ушел, оставив меня с книгами и еще большим количеством вопросов. Я с жадностью набросилась на чтение. История Этерии, написанная летописцами Ноктурна, была полна войн, предательств и восхвалений Повелителя. Книга о мироздании описывала потоки энергии и вечный баланс Света и Тени. Фольклор был полон мрачных легенд о магах, плативших за свои чудеса страшную цену. Но нигде, ни в одной книге, не было ни слова о Животворящей Искре. Я была одна со своим даром.

На следующую ночь я не спала. Тишина душила. Дверь. Мне показалось, что щелчок засова сегодня был не таким уверенным. Может, это был мой шанс. Или ловушка.

И я решилась. Сердце колотилось. Я подождала, пока шаги служанки затихнут, и на цыпочках подошла к двери. Осторожно потянула на себя. Она поддалась с тихим скрипом.

Не заперта. Или это проверка? Желание увидеть что-то за пределами этих стен было сильнее. Терять мне было нечего.

Коридор был пуст. Я выскользнула, сливаясь с мраком. Куда идти? Я не знала. Просто пошла вперед, прижимаясь к холодным стенам, вздрагивая от каждого шороха. Цитадель была запутанным лабиринтом. В одном из коридоров я услышала пьяный смех. Заглянув в приоткрытую дверь, я увидела воинов, игравших в кости. «...и тогда Лорд Каэден говорит этому торгашу: «Твоя цена меня не устраивает. Но твоя наглая голова — вполне может стать украшением коллекции моего Повелителя». Ха! Видели бы вы его рожу!»

Коллекция голов... Мне стало дурно. Я поспешила уйти.

Я шла наугад, пока не оказалась в огромном гулком зале. В центре, на обсидиановом постаменте, стояло что-то, накрытое тяжелой темной тканью, расшитой светящимися серебряными рунами. Любопытство пересилило осторожность. Я подошла и откинула край ткани.

Под ней был огромный темный кристалл, формой напоминающий больное человеческое сердце. Он слабо пульсировал багровым светом, словно внутри него билось что-то агонизирующее. Кристалл был испещрен трещинами, из которых сочилась сама Сумрачная Порча. Я почувствовала, как амулет на шее стал ледяным, а моя Искра затрепетала, как птица в клетке.

«Что ты здесь делаешь?»

Резкий, холодный, лишенный эмоций голос за спиной заставил меня подпрыгнуть от ужаса. Передо мной стоял один из тех пепельнокожих существ, но еще выше и тоньше, нереальный в своей пугающей, неземной грации. Он был одет в длинные темные одежды, расшитые серебряным узором, напоминающим паутину. Его лицо было лишено эмоций, пугающе прекрасное своей холодной красотой. Взгляд его огромных, светящихся фиолетовым глаз светился древней, нечеловеческой разумностью. Он смотрел прямо на меня, словно читал душу.

Я была поймана. И я поняла с леденящей душу ясностью, что на этот раз мне не выбраться.

Глава 8. Хранитель Сокровенных Знаний

Ледяной, безэмоциональный голос заставил меня замереть. Кровь в жилах обратилась в студень. Я медленно обернулась.

Передо мной стоял один из тех пепельнокожих существ, но этот был иным, еще более неземным. Неправдоподобно высокий и стройный, он был окутан темно-синими одеждами, расшитыми серебром, напоминающим звездные карты. Его гладкое, лишенное человеческих черт лицо было пугающе прекрасным в своей холодной, идеальной симметрии. Но самыми гипнотическими были глаза – огромные, бездонные, они светились внутренним фиолетовым светом, и в их глубине таилась вековая, нечеловеческая мудрость и такой всепоглощающий холод, от которого замирало дыхание.

«Кто ты, дитя? – его голос был тихим, мелодичным, как перезвон хрустальных колокольчиков, но властным. – И как ты посмела приблизиться к Сердцу Тени?»

Сердце Тени... Я судорожно сглотнула, пытаясь унять дрожь. «Я... я заблудилась», – пролепетала я, понимая всю глупость этой лжи.

«Заблудилась? – в его голосе прозвучала холодная ирония. – В покоях Лорда Каэдена редко кто блуждает без цели. Особенно те, кто носит подобные... украшения». Он лениво указал на черный камень на моей шее. «Он скрывает твою истинную суть. Твою маленькую, яркую искорку света. Но не от всех. Некоторые из нас видят больше».

Мое сердце забилось в панике. Он знал. Он чувствовал мою Искру даже сквозь амулет. «Не утруждай себя ложью, дитя, – он сделал плавный шаг ко мне, гипнотический, как движение змеи. – Я Морвен, Хранитель Сокровенных Знаний Ноктурна. И я чувствую потоки магии, как ты чувствуешь биение собственного сердца. В тебе дремлет сила. Редкая. Чистая. И очень опасная. Особенно в таких неумелых руках».

В зале раздались быстрые, тяжелые шаги. На пороге, словно материализовавшись из теней, появился Лорд Каэден. Его лицо было мрачнее ночи, глаза метали ледяные молнии. «Морвен, – голос Каэдена был напряжен, как струна, но в нем слышалось и неохотное уважение. – Что здесь происходит?»

«Лорд Каэден, – Морвен снисходительно склонил голову, не отрывая от меня своих фиолетовых глаз. – Я обнаружил вашу... подопечную... в весьма неподобающем месте. Она проявляла нездоровый интерес к Сердцу Тени».

Каэден бросил на меня испепеляющий взгляд. Я съежилась. «Элара, я приказал тебе оставаться в комнате!» «Она утверждает, что заблудилась, – мягко, с ядовитой иронией произнес Морвен. – Но мы оба знаем, что такие случайности редки. Особенно когда речь идет о той, чья Искра так... необычна».

Челюсти Каэдена сжались. «Ее Искра под моим контролем. И под защитой амулета, который ты сам мне и предоставил». «Амулеты могут быть несовершенны. Как и любой контроль, основанный на подавлении, – спокойно возразил Морвен. – Скажи, дитя, что ты почувствовала, когда приблизилась к Сердцу? Оно говорило с тобой?»

«Нет... ничего», – прошептала я. «Любопытно... – Морвен изучал меня с научным интересом, словно я была редким насекомым. – Сердце Тени обычно бурно реагирует на чистые источники магии. Оно пытается либо поглотить их, либо настроиться». Он снова посмотрел на Каэдена. «Ты уверен, что она – то, что нужно Повелителю? Она кажется... слишком дикой».

«Она будет готова, когда придет время, – отрезал Каэден. – Ее обучение началось. И я за это отвечаю». «Обучение? – Морвен удивленно поднял бровь. – Ты решил стать наставником, Лорд Каэден? Весьма неожиданно. Или преследуешь свои, особые цели?» «Я делаю то, что необходимо для выполнения воли Повелителя», – жестко ответил Каэден. Между ними пробежала искра холодной враждебности. «А теперь, если позволишь, я верну свою подопечную в ее комнату».

Морвен едва заметно улыбнулся – улыбкой, от которой у меня по спине пробежал холодок. «Как скажешь. Но я бы советовал быть с ней осторожнее. Такие Искры... они непредсказуемы. Могут быть не только ключом к силе, но и пожаром, который поглотит все вокруг. Включая того, кто так неосторожно пытается его удержать».

С этими словами Морвен скользнул в тень и растворился, оставив после себя ощущение ледяного холода и невысказанной угрозы.

Каэден повернулся ко мне. Ярость, которую он сдерживал, выплеснулась наружу. Он схватил меня за руку так сильно, что я вскрикнула от боли. «Какого демона ты здесь забыла?! – прошипел он, его лицо исказилось от гнева. – Ты хоть понимаешь, во что вляпалась?! Морвен – не тот, с кем можно играть! Одно его слово Повелителю – и от тебя мокрого места не останется! Он вывернет твою душу наизнанку и насладится каждым криком!»

«Я... дверь... она была не заперта», – пролепетала я, пытаясь вырваться. «Хотела?! – он встряхнул меня. – В Ноктурне «хотеть» могут позволить себе немногие! Ты поставила под угрозу все! Мои планы! Свою жизнь! И, возможно, даже жизнь тех, кто остался в твоем жалком Крайдоле!»

Последние слова ударили сильнее любого удара. Он волоком потащил меня по коридорам. Когда мы добрались до моей комнаты, он швырнул меня внутрь. «Отныне дверь будет запираться магической печатью, которую смогу снять только я или Повелитель, – его голос был безжалостным. – И если ты еще раз попытаешься своевольничать, клянусь всеми Тенями, ты пожалеешь о дне, когда родилась. Морвен прав – ты опасна. И я больше не собираюсь полагаться на твое мифическое благоразумие».

Он захлопнул дверь, и я услышала не только щелчок засова, но и тихое шипsnis – магическая печать встала на место, отрезая меня от мира. Я осталась одна, дрожа от ужаса. Сердце Тени... Морвен... Его страшное предупреждение... Ледяная ярость Каэдена... Все смешалось в запутанный клубок страха.

Пожар, который поглотит все вокруг... Неужели это обо мне?

Я коснулась амулета. Он был холоден, как лед. Но теперь мне казалось, что его холод не только подавляет, но и... вибрирует. Едва заметно. Словно что-то изменилось в нем после встречи с Сердцем Тени. Или с этим пугающим Морвеном.

Что-то определенно изменилось. Во мне. В амулете. В моем положении. И я боялась даже предположить, что это значит для моей судьбы.

Глава 9. Уроки Тьмы

Магическая печать на двери стала еще одним слоем тюремных решеток. Она тихо гудела, испуская слабый запах озона – личная метка Каэдена на моей тюрьме. Изоляция стала абсолютной.

Его ярость после моей вылазки не прошла бесследно. Он не появлялся несколько мучительных дней, и это молчание было хуже любых угроз. Я осталась наедине со своими страхами и тремя пыльными книгами. Я читала их снова и снова, пытаясь найти ответы. История Этерии, написанная летописцами Ноктурна, восхваляла силу Повелителя. Но между строк я находила намеки на другую историю – о предательстве, о сломленных клятвах, о свете, который был не уничтожен, а извращен.

Амулет на шее вел себя странно. Его холодная вибрация стала постоянной. Мне казалось, что он не просто подавляет мою Искру, а взаимодействует с ней, жадно высасывая частички жизненной энергии. Но парадоксальным образом я начала чувствовать свою силу яснее, острее. Словно эта борьба обостряла мое восприятие, заставляла Искру становиться концентрированнее, отчаяннее, как пламя на сильном ветру.

Через несколько дней дверь отворилась. На пороге стоял Лорд Каэден в простой черной тренировочной одежде, без доспехов. Так он выглядел еще опаснее, как хищник перед прыжком. «Хватит оплакивать свою жалкую судьбу, – его голос был ровным, холодным, но в нем слышалась мрачная решимость. – Твое обучение начинается сегодня. И я не буду с тобой нянчиться».

Меня вывели под конвоем в другую, еще более гнетущую часть цитадели. Стены здесь были из черного, отполированного камня, воздух – тяжелым, с запахом застарелой крови и въевшегося страха. Мы вошли в просторный, пустой круглый зал. «Здесь ты будешь учиться, – объявил Каэден, когда воины остались за дверью. – Или сломаешься. Выбор за тобой».

Первые «уроки» были изощренной пыткой. Он требовал невозможного – абсолютной концентрации, железного контроля над эмоциями. Он заставлял меня часами медитировать на холодном полу, пытаясь пробиться сквозь тиски амулета. Он провоцировал меня – язвительными замечаниями о моей слабости, рассказами о жестокости своего Повелителя, ужасами Сумрачной Порчи. «Твоя Искра – необузданный огонь, – говорил он тихим голосом, проникающим под кожу. – Сейчас ты – ребенок с факелом в пороховом складе. Научись управлять этим пламенем, иначе оно поглотит и тебя, и всех вокруг».

Когда я была на грани, он становился еще безжалостнее. «Слезы – это слабость. Твой враг ударит именно тогда, когда ты будешь наиболее уязвима. Ты должна быть как клинок из ноктуринской стали – холодной, твердой, несгибаемой».

Это было невыносимо. Несколько раз я срывалась, кричала, обвиняя его в бесчеловечности. Но он был неумолим. Его ледяное спокойствие выводило из себя больше, чем любая угроза. Он ждал, пока моя истерика закончится, а затем равнодушно говорил: «Продолжим».

И все же что-то во мне начало меняться. Я научилась находить внутреннее ядро тишины. Однажды, когда он особенно жестоко отозвался о жителях Крайдола, я почувствовала, как внутри поднимается волна слепого гнева. Но я вспомнила его слова о стали. Я сжала кулаки и... удержала ее. Гнев не исчез. Он все еще кипел, но перестал быть слепым. Он стал управляемым. Острым. Как клинок.

Каэден заметил это. В его глазах на миг мелькнуло удивление, смешанное с чем-то похожим на неохотное одобрение. Но он ничего не сказал.

Дни складывались в недели. «Уроки» продолжались. Иногда мы читали книги, и я поневоле начинала проникаться... нет, не уважением, а сложным, болезненным чувством. Первобытный страх смешивался с вынужденным признанием его острого интеллекта и извращенной, но осязаемой заботы о моей подготовке.

Однажды, во время особенно изнурительной тренировки, амулет на моей шее стал нестерпимо горячим. Я вскрикнула от острой боли. «Что такое?!» – Каэден мгновенно оказался рядом, в его глазах вспыхнула неприкрытая тревога. «Амулет... он горит!» – выдохнула я.

Он грубо снял его. Камень в его руке был горячим, от него шел дымок, и он светился изнутри прерывистым багровым светом – точно таким же, как у Сердца Тени. «Интересно... – пробормотал Каэден, его брови сошлись на переносице. – Похоже, твоя Искра становится сильнее. Гораздо сильнее, чем я предполагал». Он поднял на меня свой пронзительный взгляд, и в его глазах я увидела пугающее выражение – смесь тревоги и лихорадочного предвкушения. «Возможно, ты готова к следующему этапу».

Что это значило? Какое новое испытание меня ждет? Он осторожно надел амулет обратно на шею. Камень был просто теплым. Но ощущение того, что что-то необратимо изменилось, осталось.

«Завтра, – сказал Каэден, и его голос был как никогда серьезен. – Завтра мы попробуем кое-что новое. Гораздо более опасное. И я надеюсь, Элара, что ты усвоила хотя бы часть моих уроков. Права на ошибку у тебя больше не будет».

Он ушел, оставив меня одну в гулком зале с бешено колотящимся сердцем. Я знала только одно: игра становилась все опаснее. И я, Элара из Крайдола, была в самом ее центре. От моей силы воли теперь зависело не только мое будущее, но и, возможно, судьба всего этого умирающего мира.

Глава 10. Поцелуй Черного Озера

Ночь после слов Каэдена о «следующем этапе» была пыткой. Я металась по холодной кровати, прокручивая в голове его зловещие слова и вспоминая пугающее поведение амулета. Что он задумал? Страх смешивался с болезненным любопытством. Я чувствовала, что стою на пороге чего-то важного, что может изменить все.

Утром Каэден вернулся. В руках он держал сверток из грубой ткани. «Собирайся, – его голос был ровным, но я уловила в нем затаенное напряжение. – Сегодня идем в место, где пустые медитации бесполезны. Тебе понадобится вся твоя концентрация. И вся твоя удача».

Он протянул сверток. Внутри была прочная одежда из темной кожи – облегающие штаны, туника и короткая куртка без рукавов, а также пара крепких сапог. «Переодевайся», – приказал он и вышел, оставив дверь приоткрытой.

Одежда была удобной и сидела как вторая кожа. Когда я вышла, Каэден окинул меня оценивающим взглядом и повел за собой. На этот раз мы были одни. Это пугало и одновременно давало пьянящее ощущение свободы.

Наш путь лежал вниз, в глубины горы. Воздух становился холоднее и сырее, пахло застоявшейся водой и чем-то едким. Мы шли мимо запертых дверей, из-за которых доносились странные звуки – скрежет механизмов, приглушенные стоны и леденящий душу смех.

Наконец, мы остановились перед огромной железной дверью, покрытой ржавчиной и светящимися символами. Каэден приложил ладонь к одному из них, тот вспыхнул мертвенно-синим светом, и дверь с протяжным скрежетом отворилась, выпуская волну холодного воздуха и низкочастотный гул.

За ней оказалась огромная круглая пещера. В ее центре было идеально круглое озеро. Вода в нем была абсолютно черной и неподвижной, как отполированный обсидиан. От озера исходил тот самый вибрирующий гул и осязаемое ощущение древней, дремлющей силы.

«Это Черное Озеро, – произнес Каэден, его голос гулко отразился от стен. – Одно из немногих мест в Ноктурне, где первозданная магия Этерии все еще течет в чистой форме. Это место опасно. Вода обладает собственной волей. Она может как усилить твою Искру до невероятных пределов, так и поглотить сс без остатка».

Я с суеверным ужасом посмотрела на черную воду. Она не отражала свет, а впитывала его. «Что мы здесь будем делать?» – спросила я, чувствуя, как по спине пробегает холодок. «Ты будешь учиться чувствовать свою Искру по-настоящему. Не подавлять ее, а сливаться с ней. Направлять ее». Каэден подошел к самому краю. «Амулет. Сними его. Он – клетка для твоей силы. А сейчас ей нужна свобода».

Снять амулет? Здесь? Я колебалась. «Не бойся, – в его голосе впервые послышалось что-то похожее на нетерпение. – Я буду рядом. Я не позволю этому озеру причинить тебе вред. Если ты будешь делать, что я говорю».

Нехотя я сняла амулет. В тот же миг моя Искра, освободившись от плена, затрепетала, запульсировала с новой силой, наполняя меня пьянящей свободой и леденящим страхом.

«Подойди к воде, – скомандовал Каэден. – Прислушайся. К себе. И к озеру».

Я медленно подошла к краю. Черная вода была так близко. От нее исходила вибрация, резонирующая с биением моего сердца. Я закрыла глаза и сосредоточилась.

И я почувствовала. Моя свободная Искра мощно пульсировала, неодолимо притягиваясь к озеру. Словно узнавала в нем что-то родственное. «Что ты чувствуешь?» – голос Каэдена прозвучал совсем рядом. «Силу… – прошептала я. – Огромную, древнюю силу… И она… зовет меня».

«Хорошо, – он встал рядом, так близко, что я ощутила тепло его тела. – Теперь попробуй дотянуться до нее. Мысленно. Позволь Искре коснуться энергии озера. Очень осторожно».

Я глубоко вздохнула. Моя Искра, опьяненная свободой, была как мечущаяся птица. А энергия озера – как бездонный океан, готовый поглотить мой хрупкий огонек.

Внезапно я почувствовала, как моя Искра коснулась чего-то. И в этот миг мир взорвался черным светом. Густая, вязкая тьма хлынула из озера, устремляясь ко мне, пытаясь поглотить, утащить в ледяную пропасть. Я вскрикнула, отшатнувшись, но было поздно. Черная энергия окутала меня удушающим коконом, проникая под кожу, высасывая жизнь. Моя Искра отчаянно вспыхнула, но ее было ничтожно мало.

«Каэден!» – закричала я, из последних сил цепляясь за ускользающее сознание.

Я увидела его лицо, искаженное непонятной эмоцией. В его обычно ледяных глазах на одно ужасное мгновение мелькнул… страх.

А потом он сделал невероятное. Он шагнул в этот ревущий поток черной энергии и схватил меня за руки. Его хватка была железной. В тот же миг я почувствовала, как через его тело в меня вливается другая сила. Не моя Искра, не энергия озера, а что-то третье. Невероятно горячее, яростное, всесокрушающее, как извержение вулкана. Оно смешалось с моей угасающей Искрой, разжигая ее, давая ей силу бороться.

Вместе наши силы ударили по наступающей тьме. Все замерло. А потом черная волна, наткнувшись на невидимую преграду, дрогнула и отхлынула, вернувшись в неподвижные воды озера.

Я тяжело дышала, стоя на коленях. Каэден все еще держал меня, его лицо было мертвенно-бледным, но глаза горели яростным, безумным огнем. «Ты... в порядке?» – спросил он хрипло.

Я смогла только кивнуть. Я была истощена, но жива. И я чувствовала... что-то необратимо изменилось. «Что... это было?» – смогла выговорить я.

Он неохотно отпустил мои руки. «Озеро бывает непредсказуемым. Особенно с такими, как ты, – он мрачно посмотрел на черную воду. – Похоже, твое обучение будет еще интереснее, чем я предполагал. И гораздо опаснее».

Он помог мне подняться. Теперь я дрожала не только от страха. Это была дрожь от осознания, какая невероятная сила таится во мне. И какая – еще более страшная и непонятная – в нем.

Я поняла с ужасающей ясностью: наши судьбы теперь связаны гораздо крепче. Не только узами пленницы и ее тюремщика, но и узами этой опасной, всепоглощающей магии, которая едва не уничтожила нас, но которая, возможно, и была нашим единственным шансом. Или окончательной гибелью.

Глава 11. Резонанс Тьмы и Света

Обратный путь от Черного Озера был окутан тяжелым молчанием, гуще, чем мрак туннелей. Я с трудом переставляла ноги, тело дрожало от пережитого шока. В голове стоял низкий гул, отзвук ревущей черной волны, что едва не поглотила меня.

Каэден шел рядом, его молчание было гнетущим. Его лицо, обычно непроницаемое, было бледным и суровым, на губах застыла жесткая складка усталости. Он тоже использовал свою силу, тот яростный огонь, что спас нас обоих. Я украдкой бросала на него опасливые взгляды, но не могла прочесть ничего.

Мы не обменялись ни словом, пока не вернулись в пустой тренировочный зал. Каэден молча указал мне на стул, а сам тяжело опустился на другой. Несколько минут он сидел, закрыв глаза, его грудь прерывисто вздымалась. Я никогда не видела его таким... уязвимым? Нет. Скорее, он был предельно сосредоточен на восстановлении сил.

Наконец, он открыл глаза. Его взгляд, тяжелый, как свинец, остановился на мне. «Ты понимаешь, что произошло у озера, Элара?» – его голос был тихим, лишенным обычной резкости. «Я... думаю, да, – прошептала я. – Озеро... оно отреагировало на мою Искру. Попыталось ее поглотить».

«Не только твою Искру, глупая девчонка, – поправил он, и в его голосе прорезались жесткие нотки. – Оно попыталось поглотить тебя целиком. Черное Озеро – это первозданный источник силы. Оно питается магией. Особенно оно жадно до чистой, необузданной энергии жизни. Ты была для него как зажженный факел для голодного зверя».

Меня передернуло. «Но вы... вы тоже использовали свою магию. Почему Озеро не...» «Моя сила иного рода, – глухо сказал он. – Она закалена тьмой, пропитана волей. И я, в отличие от некоторых, умею ее контролировать». Он помолчал. «А ты – нет. Пока».

«Я пыталась, – сказала я, к горлу подступил комок отчаяния. – Оно было слишком сильным». «Я знаю, – неожиданно мягко сказал он. И эта немыслимая мягкость удивила меня больше любой ярости. – Я недооценил твою связь с Искрой. И жадность Озера. Это была моя ошибка. Ошибка, которая едва не стоила нам жизни».

Я смотрела на него, не в силах поверить. Лорд Каэден признавал свою ошибку? Передо мной? «Что... что теперь будет?» – спросила я. «Прямые столкновения с «живой» магией для тебя пока слишком опасны. Мы вернемся к основам. К контролю. Но теперь... – он поднял на меня тяжелый взгляд, – ...мы будем подходить к этому иначе».

«Иначе?» «Да. Ты будешь учиться не сдерживать свою Искру, а взаимодействовать с ней. Амулет, – он кивнул на мою шею, – будет твоим инструментом. Ты должна научиться использовать его как щит. Как фильтр. Контролировать поток, а не быть им смытой».

Это звучало невозможно. Но после того, что я пережила, я понимала, что другого пути нет. Либо я научусь, либо буду уничтожена. «Я попробую», – сказала я.

«Ты не попробуешь. Ты сделаешь это, – его голос снова стал ледяным. – От этого зависит не только твоя никчемная жизнь, но и успех миссии, которую возложил на тебя мой Повелитель. А он не прощает неудач. Никому».

В последующие дни наша рутина изменилась. Каэден заставлял меня медитировать, но теперь цель была иной – установить контакт с Искрой через барьер амулета. Он принес новые книги, трактаты о природе магии, о ментальных техниках контроля. Многое было непонятно, но Каэден терпеливо объяснял, его интерпретации были острыми, циничными, но на удивление точными.

Иногда, когда он говорил о магии с такой глубиной и страстью, я забывала, кто он. Но потом он поднимал на меня холодный взгляд, и я вспоминала, что передо мной мой похититель, и все его усилия направлены лишь на то, чтобы использовать меня в своих темных целях.

Странная связь, возникшая между нами у Черного Озера, висела в воздухе. Мы были врагами. Но мы также были двумя существами, прикоснувшимися к древней силе, и это не могло не оставить следа.

Однажды вечером, во время медитации, амулет вдруг стал теплым. Я отчетливо ощутила слабую пульсацию между ним и моей Искрой. Словно между ними наконец установился хрупкий... резонанс.

Я удивленно открыла глаза. Каэден, наблюдавший за мной, едва заметно кивнул. «Ты начинаешь понимать, – сказал он, и в его голосе мне послышалось что-то похожее на удовлетворение. – Амулет может быть и проводником. И усилителем. Если ты сможешь подчинить его своей воле».

В этот момент дверь без стука отворилась, и на пороге появился Кассиан. Его изрезанное шрамами лицо было встревоженным. «Лорд Каэден, – его голос был хриплым. – Срочное сообщение от Повелителя. Он... вызывает вас. Немедленно. И... ее». Кассиан с опаской кивнул в мою сторону.

Сердце у меня упало. Повелитель. Сам Темный Властелин. Он хотел видеть меня. Сейчас.

Каэден медленно поднялся. Его лицо снова стало ледяной маской, но я увидела, как в его глазах сверкнул темный огонь, как отблеск далекого пожара. «Похоже, Элара, – сказал он, и в его голосе не было ни тепла, ни сочувствия, лишь холодная констатация факта, – твой первый настоящий экзамен начнется гораздо раньше, чем мы оба предполагали».

Он бросил на меня долгий, нечитаемый взгляд. А потом резко повернулся к Кассиану. «Готовьте ее. И поторопитесь. Повелитель не любит ждать».

Глава 12. Взгляд Бездны

«Повелитель не любит ждать», – слова Каэдена ледяным эхом отдавались в ушах, пока меня готовили к аудиенции. Ледяная вода, в которой меня заставили вымыться, смывала не только грязь, но и остатки воли. Меня облачили в темно-синее шелковое платье – саван для жертвы, идущей на заклание. Длинные рыжие волосы расчесали и оставили ниспадать на плечи, словно огненный водопад. Единственным украшением был проклятый черный амулет, давящий на шею, как напоминание о моей унизительной зависимости.

Лорд Каэден ждал у двери. В идеально подогнанном черном бархатном камзоле он выглядел как принц теней. Его лицо было непроницаемо, но я заметила, как напряженно сжаты его губы и как в глубине глаз таится тревога. «Ты готова?» – его голос был ровным, но в нем вибрировала натянутая струна. Я молча кивнула, страх сжимал горло. «Помни все, чему я тебя учил, – его взгляд стал острым. – Контролируй эмоции. Не позволяй ему видеть твой страх. Отвечай коротко. И ради всего святого, – его голос дрогнул, – не пытайся использовать Искру без его приказа». В его словах была отчаянная мольба. «Да», – прошептала я. «Тогда идем. И да помогут нам все забытые боги». Последняя фраза прозвучала как горькая ирония.

Путь был мучительно долгим. Мы шли через анфиладу мрачных, величественных залов. Стены из черного обсидиана отражали наши дрожащие тени. На гобеленах были вытканы жуткие сцены битв и кровавых ритуалов. Воздух становился все холоднее, тишина – все более гнетущей. Стражи в черных доспехах стояли на каждом углу, неподвижные, как изваяния из самой тьмы.

Наконец, мы остановились перед огромными двустворчатыми дверями из черного дерева, украшенными извивающимися змеями с рубиновыми глазами. У дверей стояли двое пепельнокожих существ, еще выше и внушительнее тех, что я видела раньше. Они молча склонили головы и распахнули перед нами двери.

Я затаила дыхание и шагнула внутрь.

Тронный зал. Огромный, необъятный. Высоченный свод терялся во мраке. Единственным источником света были дымящиеся жаровни, отбрасывающие на стены пляшущие тени. В дальнем конце зала, на постаменте из черного обсидиана, стоял трон, вырезанный из темного камня. И на нем кто-то сидел.

Фигура была окутана тенью, но я различила изящный силуэт. Лица не было видно. Но я чувствовала Его Силу – древнюю, всепоглощающую, как черная дыра. Она давила, подчиняла, заставляла колени дрожать.

Лорд Каэден опустился на одно колено. «Мой Повелитель. Я привел ее». Я осталась стоять, выпрямив спину, хотя ноги подо мной дрожали.

«Подойди, дитя», – раздался голос из теней. Тихий, ласковый, и оттого еще более пугающий. «Я хочу взглянуть на ту, что несет в себе такой редкий дар».

Ноги не слушались, но я заставила себя сделать несколько шагов. Тень, скрывавшая Повелителя, рассеялась. Он не был чудовищем. Он был невыразимо, нечеловечески прекрасен. Длинные черные волосы обрамляли бледное аристократичное лицо с идеальными чертами. И глаза... как два осколка ночного неба, в которых горели ледяные звезды. В них не было ни ярости, ни злобы. Лишь бездонная глубина, вековая мудрость и... вселенская скука.

«Элара, – произнес он мое имя так, словно пробовал на вкус редкое вино. – Та, что носит в себе Животворящую Искру. Дар забытый... невозможный».

Я молчала, парализованная его взглядом. «Лорд Каэден говорит, ты делаешь успехи. Это правда, дитя? Ты начинаешь учиться контролировать свой дар?» «Я... я стараюсь, мой Повелитель», – пролепетала я.

«Стараешься? – в его голосе прозвучала ядовитая усмешка. – Мне нужен результат. Абсолютный контроль». Его взгляд впился в меня. «Покажи мне. Покажи мне свою Искру. Сейчас же».

Ледяной холод пробежал у меня по спине. Я бросила умоляющий взгляд на Каэдена, но он по-прежнему неподвижно стоял на колене. Я была одна. «Я... не могу, мой Повелитель. Амулет... он блокирует мою силу».

«Ах, да. Амулет. Забавное творение Морвена. Но если Искра в тебе действительно сильна... она найдет выход. Попробуй, дитя. Удиви меня».

Давление, невыносимое, исходило от него. Я закрыла глаза, пытаясь вспомнить все, чему учил меня Каэден. Контроль. Дисциплина. Воля. Я попыталась, но амулет сжимал Искру ледяными тисками. Я попыталась еще раз, вкладывая все свое отчаяние. И почувствовала... слабую, призрачную вспышку тепла.

«Слабо. Удручающе слабо, – голос Повелителя был полон брезгливого разочарования. – Возможно, Лорд Каэден переоценил твои способности. Или же... – его голос стал жестким, как сталь, – ...ты просто не хочешь мне их показывать? Ты смеешь мне не повиноваться?»

«Нет, мой Повелитель! Клянусь, я...» «Довольно! – он нетерпеливо поднял руку. – У меня нет времени на эти игры. Лорд Каэден!» «Да, мой Повелитель?» – глухо ответил Каэден.

«Твое обучение идет непозволительно медленно. А время не ждет. Возможно, ей нужна иная мотивация. Морвен уже давно выразил желание лично заняться ее просвещением. Он считает, что твои методы слишком грубы для столь тонкой материи».

Сердце у меня упало. Морвен? Тот, от чьего взгляда стыла кровь? Нет. Только не он. Каэден напрягся. «Мой Повелитель, она делает успехи. Ей просто нужно больше времени...»

«Времени у нас нет, – холодно прервал его Повелитель. – С этого дня Элара будет обучаться под совместным руководством – твоим и Морвена. Я уверен, это даст более быстрый результат. Иначе...» Угроза повисла в воздухе. «А теперь ступайте».

Он откинулся на спинку трона, и его фигура растворилась в тенях. Аудиенция была окончена. Каэден, не говоря ни слова, грубо вывел меня из зала. Когда двери захлопнулись, я смогла вздохнуть. Но облегчения не было. Лишь новый, еще более страшный ужас.

Когда мы добрались до моей камеры, он с ненавистью развернул меня к себе. «Ты понимаешь, что наделала, идиотка?! – прошипел он. – Из-за твоей слабости теперь в это дело вмешается Морвен! Ты хоть представляешь, что он с тобой сделает?!»

«Я пыталась!» – выкрикнула я сквозь слезы отчаяния. «Амулет – твоя единственная защита! – яростно перебил

он. – Ты должна научиться использовать его, а не бороться с ним! Морвен не будет таким... терпеливым... как я!
– в его голосе прозвучала горькая ирония. – Он вывернет
твою душу наизнанку, и ему будет все равно, что от тебя
останется!»

Он отступил, его гнев сменился холодной решимостью.
«У нас очень мало времени. Завтра утром Морвен придет
за тобой. И к этому моменту ты должна быть готова». Он
распахнул дверь. «А теперь иди. И молись всем богам,
чтобы пережить завтрашний день. Потому что твоя жизнь
до сих пор покажется тебе раем».

Он ушел, растворившись в полумраке. Я осталась одна,
дрожа от ужасающего предчувствия, что худшее еще только
впереди.

Глава 13. Шепот Звезд и Зов Тени

Утро началось с давящего предчувствия. Имя «Морвен» вибрировало в воздухе, наполняя его ледяным ожиданием. Каждая минута тянулась, как пытка.

Когда дверь отворилась, на пороге стоял Каэден. Его лицо было непроницаемо, но в глубине глаз я уловила тень беспокойства. «Морвен ждет тебя в Западной Башне, в его обсерватории, – коротко сообщил он. – Я провожу тебя».

Мы шли по коридорам в молчании. Когда мы подошли к узкой винтовой лестнице, я не выдержала. «Лорд Каэден, – прошептала я, – что он будет делать со мной?»

Он остановился, его взгляд был тяжел. «Морвен – не я, Элара. Его оружие – разум, знания, иллюзии. Он будет пытаться проникнуть в твою душу, препарировать твою Искру. Не поддавайся его словам. Его обманчивой мягкости. Контроль. Это твой единственный щит». Это было больше, чем я ожидала. Это был совет. «Я... постараюсь», – тихо ответила я. Он коротко кивнул. «Иди. И будь сильной». Он помедлил. «Я буду ждать внизу. На всякий случай».

Я начала мучительный подъем. Чем выше, тем сильнее становился странный запах: пыли, старых книг, сушеных трав и чего-то сладковато-пряного, отчего кружилась голова. Наконец, я достигла массивной дубовой двери. «Войди, дитя Искры», – раздался мелодичный голос Морвена.

Я шагнула внутрь. Обсерватория была огромным круглым залом под куполом, в центре которого зияло отверстие, закрытое невидимым щитом. Вдоль стен тянулись бесконечные ряды стеллажей с тысячами книг и свитков. Повсюду стояли причудливые приборы из меди и хрусталя. В центре зала на постаменте медленно вращался огромный звездный глобус из лунного камня, излучающий слабое серебристое сияние.

Сам Морвен стоял у телескопа. Он был одет в темно-фиолетовую мантию, расшитую мириадами серебряных звезд. «Добро пожаловать в мое святилище, Элара, – сказал он, не оборачиваясь. – Место, где тайны Вселенной иногда приоткрывают свои завесы».

Он медленно повернулся. Его огромные фиолетовые глаза светились еще ярче. «Лорд Каэден пытался научить тебя через подавление и страх. Это путь воина. Но ты – носительница света. Твоя сила требует не контроля, а гармонии».

Его голос обволакивал, убаюкивал. После ледяной жесткости Каэдена слова Морвена казались целительным бальзамом. «Сними амулет, дитя, – мягко попросил он. – Он сковывает твою силу». Я колебалась, вспомнив предостережение Каэдена. «Не бойся, – Морвен улыбнулся, и его улыбка была на удивление теплой, доброй. – Я лишь хочу помочь тебе понять себя».

Поддавшись его очарованию, я сняла амулет. Моя Искра радостно ожила, запульсировав с пьянящей силой. «Хорошо… – Морвен удовлетворенно кивнул. – Теперь подойди к Звездному Сердцу». Он указал на сияющий глобус. «Он поможет тебе понять истинную природу твоей силы».

Я подошла. От глобуса исходило тепло и вибрация, резонирующая с моей Искрой. «Закрой глаза, – шептал

Морвен. – Почувствуй свою Искру. Позволь ей расти. Не бойся ее. Она – это ты».

Я послушалась. Моя Искра становилась ярче, теплее, сильнее. Страх отступал. «А теперь, – продолжал Морвен, – представь, что твоя Искра – это звезда. А Звездное Сердце – галактика. Позволь им прикоснуться».

Я мысленно протянула лучик своей Искры к глобусу. В тот же миг меня захлестнул ослепительный поток образов, знаний, ощущений. Я видела рождение и смерть звезд, гибель миров, слышала музыку сфер. Моя Искра стала частью чего-то бесконечного. «Да, дитя... вот оно... – шептал Морвен. – Ты чувствуешь истинную природу магии... Свет... и Тень...»

Но потом в этом сияющем потоке появилась тень. Холодная, вязкая. Она росла, искажая образы, принося страх. Я увидела Сумрачную Порчу, пожирающую Этерию. Увидела Повелителя на его троне. И увидела себя рядом с ним, а моя Искра была темной, служащей тьме. «Нет!» – закричала я, вырываясь из видения.

Морвен стоял рядом, его теплая улыбка исчезла. «Что это было?» – выдохнула я. «Весьма интересная реакция, – задумчиво произнес он. – Ты увидела не только Свет, но и Тень. Это хорошо. Но почему ты так испугалась? Тень – тоже часть мироздания. Без тьмы не может быть света. Иногда, чтобы достичь великой цели, нужно уметь использовать и ее».

«Я не хочу использовать Тень! – с отвращением воскликнула я. – Я видела, что она делает с миром!» «Ты видела лишь то, что тебе позволили увидеть, – мягко поправил он. – А Повелитель... он стремится к совершенному порядку. К гармонии. Даже если для этого придется пройти через мрак».

Его слова были как сладкий яд. Он пытался убедить меня, что черное – это белое. «Я... не верю вам», – сказала я, глядя ему в нечеловеческие глаза. «Жаль, – сокрушенно вздохнул он. – Лорд Каэден, похоже, успел внушить тебе свои примитивные представления. Что ж, на сегодня достаточно. Возвращайся. И помни, истинный путь к могуществу лежит не через отрицание, а через принятие».

Он отвернулся, давая понять, что урок окончен.

Я вышла, чувствуя себя опустошенной. Каэден ждал у подножия лестницы. «Ну как?» – резко спросил он. «Странно, – сказала я. – Он... другой». «Я предупреждал. Что он говорил?»

Я пересказала ему все: о Звездном Сердце, о видениях и о словах Морвена про баланс и необходимость принять Тень. Каэден слушал, его скулы напряглись, а глаза потемнели. «Он пытается промыть тебе мозги, – глухо сказал он, его голос был полон сдерживаемой ярости. – Заставить поверить, что цели Повелителя оправдывают средства. Не слушай его. Твоя Искра – это свет. Чистый свет. И она не может служить тьме. Никогда».

Я удивленно посмотрела на него. Это было самое страстное, что я от него слышала. Защита моего света. От него, Лорда Тьмы. «Но почему... почему вы тогда служите ему?» – не удержалась я.

Его лицо исказила гримаса боли. «Это не твое дело. У меня свои причины. Свои цели. И свои, очень старые, счеты с этим миром. И с Повелителем». Он резко отвернулся. «Идем. Тебе нужно отдохнуть. Завтра... мы продолжим наши «уроки». И постарайся забыть все, что наговорил этот хитрый интриган. Иначе он погубит тебя. И меня вместе с тобой».

Мы вернулись в мою камеру в гнетущем молчании. Я знала, что Морвен не оставит меня. И что Каэден что-то скрывает. Я, Элара из Крайдола, оказалась между двух огней, двух могущественных сил, каждая из которых хотела использовать мой свет в своих целях.

Но теперь я знала еще кое-что. Моя Искра была не просто светом. Она была частью чего-то вселенского, связывающего меня со звездами. И, возможно, именно в этом заключался мой ключ к спасению. Или к окончательной гибели.

Глава 14. Между Светом и Тенью

После урока в обсерватории я вернулась в камеру разбитой. Видения преследовали меня, смешиваясь в калейдоскоп света и ужаса. Соблазнительные слова Морвена о балансе и принятии Тени эхом звучали в ушах, пытаясь заглушить отчаянный голос Каэдена, твердивший о контроле и опасности тьмы.

Моя Искра... она была не просто теплом. В ней была скрыта первозданная мощь, способная взаимодействовать с энергиями самой Вселенной. Это пьянило и ужасало. Но видение себя, стоящей рядом с Повелителем, моя Искра, обращенная во тьму... оно вызывало физическое отвращение.

Каэден был прав: Морвен пытался промыть мне мозги. Его слова о гармонии были ядовитым цветком. И все же его намеки на то, что Каэден внушил мне «примитивные, солдатские представления о добре и зле», посеяли в душе семена сомнений. Что, если мир не так прост? Что, если «порядок» Повелителя – единственный способ спасти Этерию от хаоса Сумрачной Порчи?

Эти сомнения терзали меня. Я перестала есть и спать, проводя часы в мучительных раздумьях.

Когда на следующий день Каэден пришел в тренировочный зал, я была тенью самой себя. «Похоже, наш Хранитель Знаний оставил ядовитый след в твоей впечатлительной душе», – его голос был сух, в нем слышалось раздражение. Он изучал мое лицо, пытаясь прочесть все мои сомнения. «Он... показал мне то, чего я никогда не видела, – тихо ответила я. – Силу моей Искры. Ее связь... со всем сущим».

«Морвен – мастер иллюзий, Элара, – Каэден медленно подошел. – Он может показать тебе сияние звезд, но не расскажет, что они сгорают, превращаясь в пепел. Его единственная цель – подчинение твоей воли ему и Повелителю. Не обманывайся».

«А ваша цель, Лорд Каэден? – я не выдержала и подняла на него глаза с дерзким вызовом. – Сделать из меня такое же послушное оружие?»

Его скулы напряглись, в глазах вспыхнул опасный огонь. «Моя цель, Элара, – он сделал паузу, – научить тебя выжить. Выжить здесь, в этом змеином гнезде. И, возможно, если нам повезет, – его голос стал тише, – сохранить то немногое, что в тебе еще осталось от... света».

Этот ответ сбил меня с толку, заставив сердце замереть. Сохранить свет? Он?

Наши «уроки» возобновились, но стали совершенно другими. Каэден удвоил усилия, чтобы противодействовать влиянию Морвена. Он заставлял меня работать на пределе, до полного изнеможения. Он приносил новые книги – древние манускрипты Хранителей Света, которые, как оказалось, он тоже мог читать, и читал с затаенной тоской. Он рассказывал о техниках защиты от ментального воздействия, о цене, которую платят те, кто заигрывает с тьмой.

«Твоя Искра, Элара, – это не только оружие, но и щит, – твердил он. – Щит для тех, кто слаб. Ты сможешь не только разрушать, но и защищать. Исцелять. Дарить надежду. Морвен хочет превратить твою Искру в отравленное копье, но такое копье легко может обернуться против того, кто его держит».

Я слушала, и сомнения терзали мою душу. Кому верить?

Однажды, когда я сидела на полу, совершенно измотанная, Каэден молча протянул мне флягу. «Ты слишком много думаешь, – сказал он неожиданно мягко. – И слишком мало доверяешь своим инстинктам. Что говорит тебе твое сердце, Элара? Что ты чувствовала там, у Звездного Сердца, прежде чем Морвен начал нашептывать свои лживые теории?»

Я вспомнила тот всепоглощающий восторг, ощущение единства со светом. «Я чувствовала... радость», – тихо призналась я. «Вот твой ответ, – Каэден удовлетворенно кивнул. – Твоя Искра инстинктивно тянется к свету, потому что она сама – его порождение. Не позволяй никому убедить тебя в обратном. Даже если этот кто-то... – он запнулся, – ...даже если этот кто-то буду я».

В этот момент дверь отворилась, и на пороге появился воин. «Лорд Каэден, вас срочно вызывает Магистр Иллирий. Дело касается... ее». Каэден резко нахмурился. Магистр Иллирий. Главный чародей Повелителя, правая рука Морвена. Его появление не сулило ничего хорошего.

«Я сейчас приду», – холодно ответил Каэден. Затем повернулся ко мне. «Оставайся здесь. Никуда не уходи. Похоже, наше спокойствие было недолгим».

Он вышел. Тревога снова сжала мое сердце. Я подошла к столу, где лежала раскрытая книга с изображением защитной руны Хранителей Света. Я провела пальцем по рисунку.

И тут амулет на моей шее завибрировал. Но на этот раз вибрация была теплой, мягкой. Моя Искра откликнулась, словно узнав что-то родное в этом древнем символе.

В голове вспыхнуло видение. Темный зал. Каменный алтарь. На нем девушка, до ужаса похожая на меня. Вокруг неподвижные фигуры в темных мантиях. И над алтарем – Морвен. Его фиолетовые глаза горели хищным огнем, а в руке он сжимал ритуальный кинжал из черного металла...

Видение исчезло, оставив меня дрожать от ужаса. Что это было? Предупреждение? Пророчество?

Я не знала. Но я знала одно: времени у меня оставалось все меньше. Я должна была что-то делать. Срочно. Пока не стало слишком поздно.

Глава 15. Искра Против Тени

Каэден ушел, оставив меня наедине с леденящим душу видением. Магистр Иллирий. Я помнила это имя из книг и полных ужаса рассказов Каэдена. Старейший и могущественнейший чародей Ноктурна, правая рука Морвена, специалист по темным ритуалам. Его интерес ко мне не сулил ничего хорошего.

Я снова и снова прокручивала в памяти ужасное видение: темный алтарь, тело девушки, похожей на меня, и Морвен, поднимающий ритуальный кинжал. Было ли это игрой воображения или реальным предупреждением, посланным моей Искрой? Амулет на шее снова был холодным и безжизненным.

Время тянулось мучительно. Наконец, я услышала знакомые шаги. Дверь отворилась, на пороге появился Каэден. Его лицо было мрачнее, чем когда-либо. «Что... что он хотел?» – мой голос дрожал. «Иллирий... – глухо произнес Каэден, и в его голосе я услышала безысходную ярость. – Этот старый паук готовит ритуал. «Очищения и Направления Силы». Он считает, что твоя Искра слишком «дика», слишком светла. И нуждается в немедленной... корректировке».

«Корректировке?» – переспросила я, ужасное видение снова встало перед глазами. «Это значит, Элара, – Каэден поднял на меня тяжелый взгляд, – они собираются привязать твою Искру. Намертво. К осколку самого Сердца

Тени. Это позволит им полностью контролировать твою силу. И очистить ее от «ненужных» влияний. Таких, как твоя собственная воля. Твоя душа».

Меня охватил леденящий ужас. Стать безвольной марионеткой? «Нет... Нет! Этого не может быть!» «Морвен убедил Повелителя, что это единственный способ, – продолжал Каэден безжизненным голосом. – Ритуал назначен на завтрашнюю ночь, во время пика кровавой луны».

«Завтра... – я едва дышала. – Но... вы же не позволите? Вы должны что-то предпринять!» – с отчаянной надеждой посмотрела я на него. «Я служу Повелителю, – медленно произнес он. – Его приказ – закон».

Надежда угасла. Чего я, глупая, могла ожидать? «Но... – он снова посмотрел на меня, и в его глазах блеснул безумный огонь. – Приказ был – подготовить тебя. И я буду готовить тебя, Элара. Но... не так, как они ожидают».

«Что вы имеете в виду?» «Они думают, что ты – пустой сосуд, – Каэден хищно подошел ближе. – Они недооценивают тебя. И природу Животворящей Искры. Ее нельзя просто привязать. Она либо подчинится добровольно, либо... уничтожит все вокруг». Он остановился в шаге от меня. «У нас есть одна ночь, Элара. Ты должна не просто контролировать свою Искру. Ты должна стать ею. Полностью».

«Но как? Амулет... он душит ее...» «Забудь об амулете. Он может не только подавлять, но и многократно усиливать твою силу. Если знать, как. Если найти ключ». Я смотрела на него, не дыша. «Сегодня ночью мы не будем спать, – в его глазах горел лихорадочный огонь. – Я покажу тебе то, что не показывал никому. И ты либо сломаешься, либо станешь сильнее, чем они все могут себе представить».

Страх боролся во мне с безумной надеждой. Это был наш единственный шанс. «Я... готова», – сказала я.

Он провел меня в тренировочный зал. Но на этот раз он принес ларец из черного дерева. Открыв его, он достал несколько кристаллов, чашу с темной, пахучей жидкостью и тонкий серебряный стилет. «Сядь в центр. И сними амулет», – приказал он.

Я сделала, как он сказал. Моя Искра болезненно вспыхнула, наполнив меня энергией. «Сейчас я создам защитный круг», – Каэден начал чертить на полу сложные символы, окуная стилет в темную жидкость. Символы вспыхивали призрачным синим светом. «Он не даст твоей силе вырваться и поможет сконцентрироваться».

Когда круг замкнулся, он сказал: «Теперь, Элара, слушай. Погрузись в свою Искру. Не просто почувствуй ее, а стань ею. Представь, что ты – чистый, сияющий свет».

Я закрыла глаза и попыталась. Мысли о ритуале, об Иллирии, о Морвене мешали сосредоточиться. «Отбрось все! – голос Каэдена был как удар хлыста. – Нет ничего, кроме тебя и твоей Искры! Стань ею, Элара! Сейчас же!»

Я снова и снова, с отчаянием обреченной, погружалась в себя. И постепенно... у меня начало получаться. Тепло Искры нарастало, заполняя меня, вытесняя страх. «Хорошо... – прошептал Каэден. – А теперь... дотронься до амулета. Своей Искрой. Он не только твоя тюрьма. Он может быть и твоим ключом».

Я мысленно протянула луч энергии к амулету, который Каэден держал рядом с кругом. И почувствовала ответ. Холодный, но не враждебный. «Он ждет твоей команды, – снова раздался голос Каэдена. – Он может либо блокировать, либо усиливать. Докажи ему, что ты – хозяйка своей силы».

Внезапно символы на полу вспыхнули ослепительно ярким светом. Невидимая стена магической энергии сжалась вокруг меня, направляя всю мою Искру внутрь амулета. Камень в руке Каэдена завибрировал и засветился ярким, золотистым светом – светом моей Искры.

«Да! Получилось!» – с триумфом выдохнул Каэден. Но в этот миг я почувствовала, как что-то еще, древнее и могущественное, пробуждается в недрах цитадели. Что-то огромное, темное, первозданное. И оно... оно заметило меня.

Дверь с оглушительным грохотом распахнулась. На пороге, словно из самой бездны, возникла высокая фигура, окутанная живыми тенями, из глубины которых на нас смотрели два холодных, безжалостных, звездных глаза.

Повелитель.

Глава 16. Танец Огня и Тени

Темная фигура Повелителя заполнила дверной проем. Его нечеловеческое присутствие было подобно ледяной буре, несущей обещание смерти. Искрящиеся глаза, холодные, как космическая пустота, впились сначала в застывшую фигуру Каэдена, затем – с хищной жадностью – в меня. Амулет на моей шее, мгновение назад сиявший, потух. Но моя сила, разбуженная и усиленная, все еще яростно трепетала внутри.

«Какой... интересный всплеск энергии, Лорд Каэден, – голос Повелителя был обманчиво спокоен, но в нем слышались стальные нотки. – Не припомню, чтобы я давал разрешение на подобные самовольные эксперименты. Особенно с таким... ценным ресурсом».

Каэден одним движением выпрямился, загораживая меня собой. «Мой Повелитель, – его голос был тверд, без тени подобострастия. – Я лишь пытался ускорить ее обучение. Ее сила нестабильна. Я счел необходимым предпринять решительные меры».

«Ты счел необходимым?» – Повелитель медленно вошел в зал, его мантия бесшумно скользила по полу. Воздух сгустился, стал холоднее. «Интересно, с каких это пор ты сам решаешь, что необходимо? Особенно когда это касается столь ценного ресурса».

«Прошу прощения, мой Повелитель, – Каэден склонил голову, но в его голосе была лишь холодная, вызывающая вежливость. – Я лишь исполнял ваш приказ». «Подготовить? – Повелитель издал тихий, беззвучный смешок, страшнее любого крика. – Или попытаться приручить то, что тебе не по зубам? Сделать ее своим ручным оружием?» Его голос стал жестким, как сталь. «Я чувствую ее Искру. Она изменилась. Стала сильнее. И гораздо непокорнее». Он посмотрел на меня. «Подойди, дитя. Не бойся. Я не причиню тебе вреда. Пока».

Я замерла. Каэден, стоявший впереди, неуловимо качнул головой. Ослушаться было равносильно самоубийству. Дрожа, я сделала несколько шагов, оказавшись между ними. «Ты боишься меня, Элара?» – спросил Повелитель ласково. От этой ядовитой ласки у меня волосы на затылке встали дыбом. «Да, мой Повелитель», – прошептала я.

«Хорошо. Страх – полезное чувство». Он подошел совсем близко. Я почувствовала ледяной холод и странный аромат ядовитых цветов. «Морвен и Иллирий доложили мне о ритуале «Очищения». Они считают, это единственный способ сделать твою Искру полезной. А что думаешь ты, дитя? Готова служить мне? Отдать свой дар на благо Ноктурна?»

Я бросила умоляющий взгляд на Каэдена, но он не мог мне помочь. Я была одна. «Я не знаю, мой Повелитель, – с трудом выдавила я. – Я только начинаю понимать свою силу...»

«Незнание – не оправдание, – холодно отрезал он. – Но, возможно, ритуал преждевременен. Если в тебе действительно есть тот потенциал, который Лорд Каэден так отчаянно пытается разбудить... или скрыть...» Его глаза опасно блеснули. «Тогда мы должны это проверить. Немедленно. Прямо здесь и сейчас».

Он поднял руку, и на его пальцах заплясали искорки концентрированной тьмы. «Я хочу увидеть твою истинную, первозданную силу. Выпусти ее. Всю. Сейчас же».

«Мой Повелитель, умоляю вас, это слишком опасно! – отчаянно воскликнул Каэден. – Это может убить ее!» «Молчать, Лорд Каэден! – голос Повелителя ударил, как хлыст. – Я сам решу, что опасно. А ты будешь стоять и наблюдать». Он с угрозой посмотрел на меня. «Ну же, дитя. Не заставляй меня ждать. Или мне придется... помочь?»

Искорки тьмы на его пальцах заизвивались, как ядовитые змейки. Паника охватила меня. Я знала, что если не сделаю, как он приказывает, он вырвет мою Искру силой. Я бросила отчаянный взгляд на Каэдена. Он одними губами прошептал: «Верь... себе...» – и кивнул.

Я поняла. Это был тот самый момент. Выбор. Либо сломаться, либо рискнуть всем.

Я закрыла глаза, отбросив страх. Сосредоточилась на своей Искре. Вспомнила полет у Звездного Сердца, яростный огонь Каэдена у Черного Озера, его слова: «Ты – это свет».

И я позволила этому свету вырваться.

Это был взрыв. Ослепительный, всепоглощающий поток чистой, первозданной энергии хлынул из меня, снося все на своем пути. Символы защитного круга вспыхнули и рассыпались в прах. Амулет на моей шее раскалился добела, а затем с тихим звоном лопнул. Я ничего не видела, кроме слепящего света. Я ничего не слышала, кроме рева этой силы. Я была ею. Я была этой бурей.

А потом все закончилось.

Я стояла посреди зала, тяжело дыша. Свет погас, оставив опустошенность и нереальную легкость. Я была свободна.

Я открыла глаза. Повелитель стоял на том же месте, но его ледяное спокойствие исчезло. Глаза были широко раскрыты, в них было изумление, смешанное с... неверием? Или это был страх? Его темная мантия слегка дымилась.

Лорд Каэден стоял поодаль, прикрывая лицо рукой. Но сквозь его пальцы я видела судорожный блеск глаз – и в них был шок, облегчение, и... гордость?

Двери с грохотом распахнулись, и внутрь ворвались встревоженные Морвен и Иллирий. «Мой Повелитель! Что здесь произошло?! – воскликнули они. – Мы почувствовали невероятный всплеск магической энергии!»

Повелитель медленно опустил руку. Он посмотрел на меня долгим, изучающим взглядом. А потом улыбнулся. Настоящей, широкой, детской улыбкой, которая преобразила его лицо, сделав его еще более нечеловечески прекрасным и... пугающим.

«Произошло то, чего я так долго ждал, – сказал он, и в его голосе звучал безумный триумф. – Произошло истинное пробуждение. Похоже, наш упрямый Лорд Каэден не ошибся. Она – та, кто нам нужен».

Он снова посмотрел на меня. «Ритуал отменяется. Он больше не нужен. У меня на тебя совершенно другие планы, Элара. Гораздо... более интересные».

Он сделал царственный шаг ко мне и протянул свою бледную, изящную руку. «Подойди, дитя. Не бойся меня больше. Твое истинное обучение только начинается. И отныне твоим единственным наставником... буду я сам».

Глава 17. В Покоях Повелителя

Слова Повелителя – «твоим наставником… буду я сам» – обрушились на меня, как нечто худшее, чем приговор. Я стояла парализованная, пока он легким, властным жестом не указал мне следовать за ним. «Идем, Элара. У нас много дел. И очень мало времени, если мы хотим спасти этот мир от самого себя».

Каэден, окаменевший и бледный, резко напрягся. Я видела, как в его глазах вспыхнул безумный огонь. Он хотел что-то сказать, но не проронил ни слова. Он лишь молча, с невыносимым отчаянием, смотрел, как Повелитель, коснувшись моего плеча холодными пальцами, повел меня к выходу. Когда мы проходили мимо, я украдкой взглянула на Каэдена. В его глазах была бессильная ярость, боль и… отчаянная тревога. Тревога за меня?

Морвен и Иллирий раболепно склонили головы. В злобных глазках Иллирия я отчетливо увидела ядовитое разочарование и зависть. Их планы на меня рухнули. Теперь я была… личной «собственностью» самого Повелителя.

Меня не вернули в мою камеру. Повелитель провел меня через анфиладу роскошных и зловещих залов. Стены из черного мрамора были увешаны древними артефактами, от которых исходила давящая магическая аура. Я видела затейливо украшенное оружие, древние свитки и пульсирующие кристаллы.

Наконец, мы остановились перед высокими дверями из черного дерева. «Это будут твои новые покои, – сказал Повелитель с пугающей усмешкой. – Пока ты находишься под моим... особым покровительством».

Дверь бесшумно открылась. Комната была огромной. Невероятных размеров кровать с балдахином из темно-фиолетового бархата, расшитого серебряными звездами. Изящный письменный стол, книжные полки, заставленные древними фолиантами. Мягкие ковры устилали пол. И даже... настоящее, не зарешеченное окно. Оно выходило на сам Ноктурн, раскинувшийся в гигантской подземной каверне. Город теней жил своей таинственной, пугающей и завораживающей жизнью.

«Думаю, тебе здесь понравится», – голос Повелителя прозвучал у самого уха. От него исходил аромат озона и незнакомых, холодных цветов. «Здесь ты ощутишь истинное величие Ноктурна. И свое новое место в нем». «Какое у меня место в этом... величии?» – прошептала я.

«Ты – мой ключ, дитя. Мой самый желанный ключ, – он мягко положил ледяную руку мне на плечо. – Ключ к будущему Этерии. К будущему, где не будет места Сумрачной Порче. Будет только идеальный порядок. Мой порядок».

Он провел меня к изящному креслу, похожему на трон. «Твое обучение начнется немедленно. Сядь». Я послушно села, чувствуя себя мышью перед удавом. «Лорд Каэден пытался научить тебя грубому контролю. Морвен – погрузить в эзотерические теории. Все это слишком примитивно, – Повелитель медленно расхаживал по комнате. – Твоя Искра – не сгусток энергии. Это чистое отражение самой сути творения. Ее можно не только контролировать. Ее можно и нужно формировать. Использовать для великого созидания... или великого разрушения».

Он поднял руку, и в его ладони вспыхнул ослепительно яркий шарик чистого, белого света. «Это... свет...» – пролепетала я. «Да, дитя, – снисходительно улыбнулся он. – Я тоже умею играть со светом. Твоя Искра – как необработанный алмаз. Ей нужна искусная огранка, чтобы стать сокровищем. Или самым грозным оружием».

Он щелкнул пальцами, и шарик света превратился в крошечную птичку, которая вспорхнула с его ладони и опустилась мне на плечо, даря легкое тепло. «Магия – это воля, – продолжал Повелитель. – Ты должна научиться приказать своей Искре. Заставить ее подчиняться. Творить чудеса... или нести смерть». Световая птичка рассыпалась мириадами золотистых искорок.

«А теперь попробуй ты, – сказал он. – Сосредоточься. Представь цветок. Но не оживляй мертвый стебель. Сотвори новый. Из чистого света».

Я закрыла глаза, пытаясь отогнать страх. Это казалось невозможным. Но его несокрушимая уверенность заражала меня верой. Я сосредоточилась на своей Искре. Без амулета она пульсировала во мне, как маленькое горячее солнце. Я представила простой полевой цветок с синими лепестками. Вложила в этот образ всю свою волю.

Я почувствовала, как Искра собирается в ладонях. Когда я открыла глаза, на них лежал цветок. Маленький, несовершенный, но он был. Он светился мягким теплым светом. Он был живым.

«Неплохо... для первого раза, – в голосе Повелителя послышались нотки удовлетворения. – Ты обладаешь редким талантом. Похоже, Лорд Каэден все же сумел заложить в тебе правильную основу». Я смотрела на сияющий цветок, и слезы навернулись на глаза. Это было мое маленькое чудо.

«Но это лишь первый шаг, – Повелитель снова стал серьезен. – Твоя Искра способна на большее. Она способна исцелять раны от Сумрачной Порчи. Возвращать жизнь выжженной земле. И... – его взгляд стал хищным, – безжалостно уничтожать тех, кто противится моей воле. Если ее правильно направить».

Он подошел к окну. «Этот мир умирает, Элара. Агонизирует. Я пытаюсь спасти то, что еще можно. Построить новый порядок на руинах. Но для этого мне нужна сила. Твоя сила». Он резко обернулся, его глаза горели фанатичным огнем. «Ты поможешь мне спасти Этерию? Отдашь мне свою Искру, свою волю? Даже если тебе придется использовать свой дар так, как ты никогда себе не представляла? Даже если тебе придется стать... чем-то большим, чем человек?»

Его слова были так убедительны, так соблазнительны. Спасти Этерию... Разве не этого я мечтала? Но какой ценой? И можно ли доверять ему, этому существу из самой тьмы? Сияющий цветок в моих руках начал медленно увядать.

Я не знала, что ответить. Но я знала одно: мой истинный путь в Ноктюрне только начинается. И он будет гораздо сложнее и опаснее, чем я могла себе вообразить.

Глава 18. Искусство Тьмы, Искусство Света

Дни после урока в обсерватории превратились в череду безжалостных тренировок и шокирующих откровений. Повелитель был не похож на моих прежних наставников. Каэден пытался заковать мою Искру в тиски дисциплины, Морвен – соблазнить туманными глубинами знаний. Повелитель же хотел не контролировать мою силу, а высвободить ее. Полностью. А затем – приручить, подчинить и направить, куда он сочтет нужным. Сделать своим самым совершенным оружием.

Наши «уроки» проходили в разных частях цитадели. Иногда в его роскошных, но холодных покоях, где он заставлял меня часами медитировать, формируя из света моей Искры все более сложные конструкты: не только цветы, но и райских птиц, рычащих теневых волков, сверкающие клинки. «Твоя Искра, – говорил он своим гипнотическим голосом, – это прямое продолжение твоей воли. Все, во что ты можешь искренне поверить, то ты можешь и сотворить».

Иногда он уводил меня в темные подземелья, где ядовитое дыхание Сумрачной Порчи ощущалось физически. Там он заставлял меня исцелять изуродованную землю. Это было мучительно. Я чувствовала, как моя сила борется с тьмой, и одновременно ощущала, как сама Порча пытается отравить мой свет. Несколько раз я была на грани безумия, и лишь властное вмешательство Повелителя, его темная аура, окружавшая меня защитным коконом, спасала меня. «Ты должна научиться ходить по краю пропасти, – говорил он после, когда я лежала без сил на холодном камне. – Только так, на грани света и тьмы, ты познаешь истинную силу своей Искры».

Он был дьявольским манипулятором. Он чувствовал мои страхи и безжалостно использовал их. Он играл на моих амбициях, нашептывая обещания великого предназначения. Он с завораживающим красноречием рассказывал о своем видении будущего Этерии – мира совершенного порядка. И иногда, слушая его, я начинала ему верить. Но потом я вспоминала ледяной холод, исходящий от него, и понимала, что его «идеальный порядок» будет построен на костях тех, кто осмелится ему не подчиниться.

Моя Искра под его руководством становилась сильнее с каждым днем. Я училась создавать сложные световые образы, различать потоки магии, видеть ауры. Но какой ценой? Я чувствовала, как его влияние на меня усиливается, как его философия проникает в мои мысли, искажая мое восприятие мира.

Контакты с другими обитателями Ноктюрна были сведены к минимуму. Слуги боялись поднять на меня глаза. Я стала «личной ученицей Повелителя», и это еще больше изолировало меня.

О Каэдене я ничего не слышала. Был ли он наказан? Отстранен? Я часто думала о нем. И чем больше я узнавала Повелителя, тем сложнее становилось мое отношение к Каэдену. Он был жесток, но в его жестокости была своя, суровая честность. Он никогда не пытался меня обмануть.

В нем было гораздо больше живого, человеческого, чем в сияющем, но пустом Повелителе.

Однажды я столкнулась с Морвеном. «Дитя Искры, — его фиолетовые глаза изучающе осмотрели меня. — Я вижу, твое обучение продвигается стремительно». В его голосе послышалась затаенная горечь, может, даже зависть. «Но помни, Элара, истинная сила — в глубоком понимании. Не позволяй никому ослепить тебя. Ищи истину в себе. И в тишине».

Он исчез, оставив меня с еще большим количеством вопросов.

Однажды вечером, когда я, совершенно измотанная, пыталась создать световую карту звездного неба, Повелитель сказал: «Ты готова, Элара». Я испуганно посмотрела на него. «Готова? К чему?» «К первому настоящему испытанию. К тому, ради чего я тебя обучал». Он указал на далекий выход из каверны. «Там, за Сумрачными Клыками, есть место, которое Порча полностью поглотила. Древний, священный лес. Никто из смертных не может туда войти. Никто. Кроме тебя».

Мое сердце замерло от ужаса. «Вы... хотите, чтобы я пошла туда? Одна?» «Не просто пошла. Ты должна исцелить его. Вернуть ему жизнь. Твоя Искра — единственное, что может это сделать. Это будет твоя первая победа над Тенью. И доказательство, что ты — тот самый ключ, который я так долго искал».

Исцелить мертвый, проклятый лес? Это казалось верным самоубийством. «Но... я не уверена, что смогу...» «Ты сможешь, — его голос не допускал сомнений. — У тебя нет другого выбора. И потому что, — на его губах появилась пугающая улыбка, — на этот раз я буду с тобой. Я лично прослежу за твоим триумфом».

Он будет со мной? Эта мысль ужасала и одновременно давала призрачную надежду. «Завтра на рассвете мы отправляемся в Темнолесье, – объявил он. – А сейчас отдохни. Тебе понадобятся все твои силы».

Он ушел. Я осталась одна перед самым страшным испытанием в моей жизни. И впервые я почувствовала не только страх, но и болезненное предвкушение. Я становилась оружием. Но чьим? И против кого на самом деле будет направлена моя пробужденная сила?

Глава 19. Сердце Тьмы, Сердце Света

Рассвет над Ноктюрном был сюрреалистическим зрелищем. Болезненные багровые и синие огни медленно тускнели, уступая место серому, призрачному свету. Меня разбудили задолго до этого. Две безмолвные служанки принесли прочную одежду из темной кожи и походный мешок с водой и сухарями.

Повелитель ждал у выхода. Он был в простом дорожном костюме из идеально выделанной черной кожи и длинном плаще с капюшоном, скрывавшим лицо. Рядом с ним стояли двое его личных стражей – пепельнокожие существа с нечеловеческими фиолетовыми глазами. «Готова, дитя?» – в его ровном голосе слышалось нетерпение и хищное предвкушение. Я молча кивнула. Выбора у меня не было.

Мы покинули Ноктюрн через тайный туннель. Выбравшись на поверхность, я зажмурилась от дневного света. Воздух был свежим, пахло землей и дождем. Но чем дальше мы шли, тем сильнее ощущалось тлетворное присутствие Сумрачной Порчи. Земля стала серой, покрытой трещинами. Деревья – черными, скрюченными скелетами. Воздух – тяжелым, с тошнотворным привкусом гнили.

Повелитель шел впереди, его плащ развевался, как крылья хищной птицы. Двое его стражей скользили по бокам, словно призраки. Я шла за ним, сердце колотилось от страха.

«Это Темнолесье, Элара», – произнес Повелитель, когда мы подошли к краю огромного, мертвого леса. «Когда-то это был самый прекрасный и священный лес во всей Этерии. Сердце Мира. А теперь... – он с затаенной болью обвел рукой безжизненные просторы, – ...лишь рассадник Сумрачной Порчи. Гниющая рана на теле этого мира».

Я смотрела на этот ужасный лес, и меня охватывал первобытный ужас. Стволы деревьев были покрыты отвратительными, пульсирующими наростами. Ветви сплетались в непроницаемый полог. Земля чавкала под ногами, испуская ядовитые испарения. Тишина была абсолютной, мертвой.

«Твоя задача, Элара, – Повелитель повернулся ко мне, – войти в этот лес и очистить его. Вернуть ему жизнь. Начни с малого. Выбери небольшой участок. Сосредоточься. И используй свою Искру». «Но... как? – прошептала я. – Он такой... огромный. Безнадежный». «Все великое начинается с малого, – он положил ледяную руку мне на плечо. – Не бойся. Я буду рядом. И помни все, чему я тебя учил».

Он подвел меня к пятачку земли, где еще виднелись остатки травы. Я глубоко вздохнула, закрыла глаза и сосредоточилась на своей Искре. Представила этот клочок земли покрытым изумрудной травой и нежными цветами. Я направила свой свет, чувствуя яростное сопротивление Порчи – холодное, вязкое, злобное. Я стиснула зубы, из последних сил направляя свет.

Наконец, я открыла глаза. Там, где была мертвая земля, зеленел островок молодой травы. А в центре расцвел один-единственный синий цветок. «Неплохо... – раздался тихий голос Повелителя. – Очень неплохо. Ты видишь? Ты можешь возвращать жизнь». Я смотрела на этот хрупкий цветок, и слезы навернулись на глаза. Слезы усталости и... гордости. Я смогла.

Но моя радость была недолгой. Из глубины леса донесся многоголосый, леденящий душу вой. «Они почувствовали тебя, дитя», – Повелитель напрягся, его рука легла на рукоять меча, появившегося словно из воздуха. «Они почувствовали твой свет. Порченые. И их очень много».

Из-за деревьев начали появляться темные фигуры. Огромные волкоподобные твари, но еще крупнее и свирепее, с горящими красным огнем глазами. Их было не меньше дюжины. Двое стражей выставили жезлы из черного металла, которые вспыхнули фиолетовым светом, создавая мерцающий щит. «Защищайся, Элара! – крикнул Повелитель. – Используй свою Искру! Не дай им прорваться!»

Порченые с яростным рычанием бросились на щит. Он затрещал, по нему пошли трещины. Я стояла, парализованная страхом. «Не бойся! – голос Повелителя был как удар хлыста. – Ты – свет! А они – жалкая тень! Сожги их!»

Я зажмурилась, призывая свою Искру. На этот раз я представила не цветок, а ослепительный, всесокрушающий луч света, бьющий из моих ладоней. Я направила его на гигантского Порченого, пробивавшего щит.

Луч ударил тварь в грудь. Раздался душераздирающий визг, и Порченый, объятый пламенем, рассыпался облаком черного пепла. Магический щит с треском исчез. Остальные твари с удвоенной яростью бросились на нас.

Стражи вступили в бой, их руки превратились в клинки из фиолетового света. Меч Повелителя двигался с нечеловеческой скоростью. А я... я стояла, шатаясь от усталости, и из последних сил стреляла лучами света, пытаясь помочь.

Каждое попадание отзывалось во мне тупой болью, но я продолжала.

Бой был коротким и яростным. Когда последний Порченый рухнул, я тоже упала на колени, совершенно обессиленная. Повелитель небрежно вытер свой меч и подошел ко мне. «Ты сражалась, дитя. Гораздо лучше, чем я ожидал». Он властно протянул мне руку. «Вставай. Это только начало. Темнолесье так просто не сдастся».

Я посмотрела на свою дрожащую руку. А потом – на него, на его высокую темную фигуру, на его холодные глаза. И поняла с ужасающей ясностью, что он прав. Это было только начало. И мой путь через тьму только что стал еще более опасным. Еще более… безнадежным.

Глава 20. Плач Мертвого Леса

Я рухнула на землю, тяжело дыша. Руки дрожали, в голове стоял гул. Бой был коротким, но изматывающим. Каждая вспышка Искры отнимала частичку меня, оставляя сосущую пустоту.

Повелитель бесшумно подошел и протянул флягу с водой. Его пепельнокожие стражи без единой царапины осматривали кучки черного пепла, что остались от поверженных врагов. «Ты превзошла мои ожидания, Элара, – голос Повелителя был ровен, но я уловила в нем нотку удивления. – Твоя Искра обладает не только созидательной, но и впечатляющей разрушительной силой. Это хорошо».

«Хорошо? – я с трудом подняла на него взгляд. – Я убила их. Они когда-то были живыми... Это не то, для чего предназначена моя сила...» «В этом мире, дитя, чтобы созидать, иногда приходится безжалостно разрушать, – в его голосе прозвучала снисходительная усмешка. – Чтобы исцелить гнойную рану, нужно вырезать заразу. Запомни это». Он помог мне подняться. «А теперь отдохни. Нам предстоит долгий путь».

Мы сделали привал. Я сидела, прислонившись к стволу дерева. Повелитель стоял поодаль, глядя в чащу. «Почему именно этот лес?» – не удержалась я. «Потому что Темнолесье – это не просто лес, – сказал он тихо, и в его голосе мне почудились человеческие нотки. – Это символ. Когда-то это было сердце Этерии. Если мы сможем исцелить его, это даст надежду всему королевству. Это покажет, что Порчу можно победить». Он сделал паузу. «И это будет... моей личной победой. Над прошлым. Над ошибками. Над... собой». В последних словах слышалась такая глубокая боль, что у меня сжалось сердце.

Вскоре мы снова были в пути, углубляясь в самое сердце проклятого леса. Деревья становились все уродливее, их стволы сочились черной плесенью. Под ногами хлюпала вязкая жижа, источающая запах гниения. Мы двигались в вечном, гнетущем сумраке. Лес давил не только физически, но и морально. Я слышала тихие шепоты, нашептывавшие о моих страхах, о безнадежности нашей затеи.

Повелитель, казалось, не замечал этого. Лишь иногда он останавливался и приказывал мне очистить очередной участок – ручей, мертвое дерево, поляну, сплошь покрытую слизистыми грибами.

Каждая попытка отнимала все силы. Порча сопротивлялась яростно, разумно. Но я не сдавалась. Вспоминала слова Каэдена о контроле, вспоминала полет у Звездного Сердца. И я боролась. Иногда, когда казалось, что я больше не могу, у меня получалось. Я видела, как отступает черная плесень, как очищается вода в ручье, как на мертвом дереве пробивается один-единственный зеленый листок. Эти маленькие победы давали мне силы идти дальше.

Повелитель внимательно наблюдал, не вмешиваясь. Лишь изредка давал короткие, точные указания: «Сосредоточься на источнике Порчи», «Не распыляй силу», «Используй не только свет, но и волю. Прикажи Порче отступить».

Однажды, очищая лесное озерцо, я внезапно почувствовала не просто сопротивление, а глубокую, невыносимую печаль, исходящую от самой мертвой земли. «Ты начинаешь чувствовать, – сказал Повелитель, когда я рассказала ему. В его голосе послышались меланхоличные нотки. – Этот лес не просто мертв. Он страдает. Порча не только убивает, она мучает. Возможно, твоя Искра способна не только исцелить его тело, но и... прикоснуться к его страдающей душе».

Мы шли уже несколько дней. Ночи были холодными и полными тревожных звуков. Повелитель не отдыхал. Часто он уходил в темноту, словно прислушиваясь к чему-то, недоступному моему пониманию.

Однажды утром мы вышли на большую поляну. В центре росло гигантское, невероятно древнее дерево. Или то, что от него осталось. Его могучий ствол был расколот молнией и покрыт черными, пульсирующими язвами, из которых сочилась концентрированная тьма. От него исходили мощные волны первозданной, всепоглощающей Порчи. «Вот оно... – прошептал Повелитель. – Сердце Темнолесья. Ядро Сумрачной Порчи в этом лесу». Я смотрела на это чудовищное дерево, и меня охватывал ужас. Оно было не просто мертвым. Оно было злым. Я чувствовала, как оно тянется к моей Искре, желая поглотить ее.

«Ты должна исцелить его, Элара, – Повелитель повернулся ко мне, его глаза горели огнем отчаянной решимости. – Только ты можешь это сделать. Это наш единственный шанс. Но это будет... смертельно опасно».

Внезапно из-под корней дерева появилась высокая, скелетоподобная фигура в истлевших лохмотьях. Ее глаза светились тусклым, болотным огнем. «Кто посмел тревожить покой Хозяина этого Леса?» – проскрипел голос, похожий на треск гниющего дерева. «Мы пришли освобождать этот лес, – шагнул вперед Повелитель. – Он слишком долго страдал под твоей властью, Искаженный Дух Древнего Древа».

Дух издал злобный, шипящий смех. «Освобождать? Глупцы. Этот лес принадлежит мне. А ты... – его болотные глаза остановились на мне. – Ты так сильно пахнешь жизнью. Таким раздражающим светом. Этого мой лес не потерпит».

Он с силой ударил посохом о землю. Земля задрожала. Искаженные черные корни, острые, как стальные копья, вырвались из-под земли, извиваясь, как гигантские змеи, и устремились прямо к нам.

Глава 21. Дар Древнего Сердца

Искаженный Дух с яростным воем взмахнул посохом. Земля содрогнулась. Острые черные корни, извиваясь, как голодные змеи, устремились к нам. «Защищайте ее!» – голос Повелителя был подобен раскату грома.

Двое его стражей шагнули вперед, их жезлы вспыхнули фиолетовым светом, образуя мерцающий барьер. Корни с оглушительным треском ударились о щит, но он устоял. Я видела, как напряглись фигуры стражей.

Повелитель с немыслимой скоростью метнулся вперед, его меч описал смертоносную дугу, отсекая несколько корней. Из мест среза брызнула черная, зловонная жижа. «Элара! – крикнул он, не прекращая свой смертоносный танец. – Дерево! Твоя цель – Сердце Леса! Исцели его, или мы все здесь погибнем!»

Я стояла ошеломленная. Но его отчаянный крик вывел меня из ступора. Дерево. Это был наш единственный шанс. Но как? Вокруг бушевала битва, а из глубины леса появлялись все новые Порченые твари, еще более отвратительные и свирепые.

Я зажмурилась, отгоняя страх, пытаясь сосредоточиться на своей Искре. Я представила Сердце Леса таким, каким оно должно было быть – могучим, сияющим, зеленым. Я вытянула руки, направляя всю свою волю к умирающему древу. Поток золотистого света вырвался из моих ладоней. Но Дух Леса не собирался сдаваться. Черная, вязкая энергия устремилась навстречу моему свету.

Два потока столкнулись с невыносимым треском. Меня отбросило назад. Моя Искра слабела под чудовищным напором злобы. «Не сдавайся, дитя! – яростно крикнул Повелитель. – Он питается твоим страхом! Покажи ему силу своего света!»

Его слова придали мне сил. Я снова направила Искру на дерево. На этот раз я вкладывала в нее всю свою боль за этот истерзанный лес, всю свою ярость. Мой свет стал ярче, горячее. Он начал медленно проникать сквозь стену тьмы.

Искаженный Дух взвыл от ярости и боли, направив на меня новую волну черной энергии. Я встретила ее своим светом, и на миг увидела... за маской злобы проступила его истинная суть. Когда-то он был мудрым хранителем этого леса, но Порча исказила его, превратив в страдающее чудовище. «Он... страдает...» – прошептала я. «Сострадание – твоя величайшая слабость! – крикнул Повелитель. – Уничтожь его, или он без жалости уничтожит всех нас!»

Но я не могла. Я направила свою Искру на Духа, но это было не разрушение, а мягкое, теплое прикосновение. Я пыталась достучаться до той искорки света, что, возможно, еще теплилась в нем. Искаженный Дух замер. В его глазах мелькнуло удивление. Боль. Надежда?

В этот самый момент Повелитель, воспользовавшись замешательством, нанес сокрушительный удар. Его меч, окутанный черным пламенем, пронзил фигуру Духа насквозь.

Тот издал последний, долгий, человеческий стон и рассыпался в прах.

Одновременно с этим энергия, окутывавшая Сердце Темнолесья, дрогнула и начала отступать. Язвы на стволе стали затягиваться. И на мертвой ветви проклюнулся один-единственный, нежный зеленый листок.

Последние силы покинули меня. Ноги подкосились, и я начала оседать на землю. Чьи-то сильные руки подхватили меня. Это был Повелитель. Его лицо было бледным, но в глазах горел безумный триумф. «Ты сделала это, Элара, – прошептал он. – Ты исцелила его. Ты победила. Ты действительно – ключ».

Я посмотрела на преображенное дерево. Вокруг нас лес медленно менялся. Мрак отступал, в воздухе появился аромат свежей земли.

Но земля под Сердцем Леса снова дрогнула. Из-под корней начал подниматься мягкий, серебристый свет. «Что это?» – прошептала я. «Древняя, чистейшая магия... – пробормотал Повелитель с неподдельным изумлением. – Сердце Леса... оно не просто исцеляется. Оно пробуждается. Оно дарует нам свою силу».

Свет вспыхнул так ярко, что я зажмурилась. Когда я снова открыла глаза, передо мной парило в воздухе огромное, светящееся семя. Оно было размером с человеческое сердце и излучало такой теплый, пульсирующий свет, что было наполнено самой сутью жизни.

И прежде чем я или Повелитель успели что-либо предпринять, это светящееся семя медленно опустилось... прямо мне в протянутые, дрожащие руки.

Оно было теплым, живым. Я почувствовала, как моя Искра откликнулась на него, как они слились воедино, словно две капли воды, нашедшие друг друга.

А потом... мир вокруг меня померк. Последнее, что я увидела, было удивленное, шокированное лицо Повелителя.

Глава 22. Шепот Древнего Сердца и Ледяное Дыхание Ноктурна

Сознание возвращалось медленно, рывками. Первое, что я почувствовала – удивительное тепло в ладонях, словно я сжимала маленькое солнце, и тупую боль во всем теле. С трудом я открыла глаза.

Я лежала на расстеленном плаще Повелителя под сенью гигантского древа, Сердца Темнолесья, которое теперь выглядело совершенно иначе. Чернота отступила, обнажив здоровую кору, светящуюся изнутри мягким золотистым светом. На ветвях, еще вчера мертвых, пробивались тысячи крошечных зеленых листочков. Воздух был чистым, пах влажной землей и жизнью.

А в моих руках, крепко сжатых на груди, покоилось то самое светящееся семя. Оно было теплым, и от него исходила мягкая вибрация, которая уносила боль, наполняя меня тихой, светлой радостью.

«Проснулась, дитя?» Я вздрогнула. Повелитель сидел рядом на поваленном стволе и внимательно наблюдал за мной. Его лицо было усталым, но в глазах горел новый блеск – смесь изумления, задумчивости и... благоговения. Двое его стражей неподвижно стояли поодаль, их фиолетовые глаза были прикованы к семени в моих руках.

«Что... что это?» – прошептала я. Я приподняла семя. Оно светилось теплым, серебристым сиянием. «Я не знаю,

Элара, – Повелитель медленно покачал головой. – Древние легенды говорят о Сердцах Леса, семенах, способных порождать новые Древа Жизни. Я считал это сказками. Похоже, я ошибался». Он перевел взгляд на меня. «Оно появилось, когда ты исцелила это древо. Когда твоя Искра слилась с его душой. Оно... выбрало тебя».

Выбрало меня? Я снова посмотрела на семя. Оно казалось хрупким и одновременно невероятно могущественным. Моя Искра восторженно откликалась на него, как на зов родного друга.

«Сначала ты должна восстановить силы, – сказал Повелитель с какой-то странной, отеческой заботой. – Ты была на грани. А потом мы попытаемся понять, что это за дар. И как его можно использовать во благо Этерии».

Несколько последующих дней мы провели у подножия пробужденного древа. Повелитель, к моему удивлению, забыл о своей спешке. Он много времени просто молча наблюдал за мной и за светящимся семенем. Он сам приносил мне еду – лесные ягоды, жареную дичь.

Семя, которое я мысленно окрестила Сердцем Света, помогало мне восстанавливаться с невероятной скоростью. Моя Искра с каждым днем становилась сильнее, чище, ярче. Лес вокруг нас стремительно менялся. Поляны зеленели, я снова слышала пение птиц. Сумрачная Порча отступала.

«Это все ты делаешь, Элара, – сказал однажды Повелитель, когда мы сидели у костра. – Твоя Искра, усиленная Сердцем Света, исцеляет эту землю». «Но я ничего не делаю специально, – призналась я. – Оно просто случается само собой». «Иногда самая великая магия творится интуитивно, – задумчиво сказал он. – Морвен пытался научить тебя понимать магию. Каэден – контролировать. А я... – в его голосе послышались меланхоличные нотки, – ...я, кажется, просто привел тебя туда, где твоя природа смогла проявиться».

На очередной день он неожиданно сказал, что мы должны возвращаться. «Но лес... он еще не исцелен полностью», – с тревогой возразила я. «Ты уже сделала достаточно, – его голос снова стал твердым. – Теперь лес должен помочь себе сам. Ты нужна мне в Ноктурне. Это Сердце Света... оно может быть ключом к исцелению всей Этерии. И к многому другому. Ты должна научиться использовать его силу осознанно».

Я не хотела уходить, но знала, что он прав. Обратный путь был другим. Оживший лес провожал нас шелестом листвы и пением птиц. Порченые твари исчезли. Я несла Сердце Света, прижимая его к груди, как бесценное сокровище.

Когда мы снова вошли в мрачные туннели Ноктурна, я почувствовала, как моя Искра и Сердце Света болезненно сжались. Но теперь во мне не было прежнего страха. Была холодная решимость и новая сила.

У моих покоев нас ждал сюрприз. Прислонившись к стене, стоял Лорд Каэден. Увидев нас, его лицо на мгновение дрогнуло, но тут же снова стало непроницаемой маской. В его глазах я успела заметить отчаянное облегчение. «Повелитель», – коротко кивнул он, а затем его взгляд остановился на светящемся семени в моих руках. «Что... это такое?»

«Это, мой верный Лорд Каэден, наш новый козырь, – усмехнулся Повелитель. – Похоже, ваша бывшая ученица преподнесла нам всем сюрприз». Он посмотрел на меня. «Отдыхай, Элара. Завтра мы продолжим наши изыскания. У меня уже есть несколько идей, как использовать... это».

Он ушел, оставив меня наедине с Каэденом. Мы молча смотрели друг на друга. «Ты... в порядке?» – наконец, спросил он, его голос был непривычно тихим. «Да. Я думаю... да».

«Что это за штука?» – он с тревогой посмотрел на семя. Я рассказала ему все. Каэден слушал, хмурясь все сильнее. «Древо Жизни... его семя... – пробормотал он. – Я слышал легенды, но не верил... Это меняет все, Элара». «Что именно меняет?» – спросила я, чувствуя, как по спине пробегает холодок. «Твою роль в этой войне. Твое место в планах Повелителя. И... – его взгляд стал тяжелым, – ...и мою». Он поднял на меня глаза, полные мрачной решимости. «Повелитель не остановится ни перед чем, чтобы получить власть. И если это Сердце Света так могущественно... он использует его. И тебя. Любой ценой».

Он шагнул ко мне. «Будь очень осторожна, Элара. Умоляю тебя. Повелитель – не тот, кем пытается казаться. Он – древнее, безжалостное зло. И его истинные планы могут быть гораздо ужаснее, чем ты можешь себе представить».

Прежде чем я успела ответить, он резко развернулся и ушел. Я осталась одна, сжимая в руках сияющее Сердце Света. Его последние, полные тревоги слова эхом отдавались в моей душе. «Будь осторожна...» Но как быть осторожной, когда ты в самом сердце тьмы, а в твоих руках – единственный ключ к спасению или гибели целого мира?

Глава 23. Игры Теней и Осколки Света

Ледяные слова Каэдена – «Повелитель – не тот, кем кажется» – эхом отдавались в ушах. Я вернулась в свои роскошные покои, шатаясь от усталости. Сердце Света, лежащее на столе, излучало мягкое сияние, но я больше не могла смотреть на него с прежней радостью. Его свет казался омраченным. Теперь это было не только чудо, но и потенциальное оружие в руках Повелителя.

Утром он появился в моих покоях. С ним, к моему страху, был и Морвен. В глазах Хранителя Знаний я уловила ревнивый интерес ученого, у которого увезли бесценный экспонат. «Доброе утро, дитя Искры, – голос Повелителя был обманчиво мягок. – Надеюсь, ты отдохнула. Сегодня нас ждет много увлекательной работы. Это... – он кивнул на Сердце Света, – ...требует немедленного изучения. Мы должны понять его природу, его возможности. И то, как оно связано с тобой».

Так начался новый, пугающий этап моего «обучения». Теперь они работали вместе. И я была их подопытным кроликом.

Часами они изучали Сердце Света, принося древние фолианты и раскладывая вокруг него странные кристаллы. Они шепотом произносили гортанные заклинания, от которых стыла кровь. Моя роль была унизительной. По их приказу я снова и снова прикасалась к Сердцу, направляла на него свою Искру, а затем подробно описывала свои ощущения. Иногда Повелитель брал мои руки в свои и, направляя мою силу своей несокрушимой волей, пытался активировать скрытые свойства артефакта. Его прикосновения были холодны, но от них исходила такая мощь, что у меня перехватывало дыхание от смеси страха и запретного восхищения.

Сердце Света раскрывало свои тайны. Оно обладало безграничной целительной силой: мертвые цветы расцветали от одного его прикосновения. Оно могло создавать непроницаемые защитные барьеры. И оно... обладало собственным разумом. Иногда, прикасаясь к нему, я видела яркие, обрывочные образы: изумрудные леса, сияющие города, давно забытые эпохи, когда мир был молод. «Оно хранит в себе память этого мира, – говорил Повелитель, его глаза горели триумфом. – Память о том, какой была Этерия до прихода Тени. И в нем скрыт ключ, который поможет нам ее возродить».

Морвен же больше интересовался связью Сердца с потоками магии. «Этот артефакт, – говорил он своим гипнотическим голосом, – своего рода камертон, способный усиливать любые магические энергии. Если мы научимся его использовать, мы сможем изменять саму ткань реальности». От его слов у меня по спине пробегал холодок.

Каэдена я не видела. Он был намеренно отстранен, и это беспокоило меня. Его отчаянное предупреждение – «Не верь» – звучало в моей голове при каждом слове Повелителя.

Повелитель наслаждался своей ролью наставника. Он был на удивление терпелив, объясняя мне сложные концепции магии. Но я всегда чувствовала за его отеческой доброжелательностью ледяной расчет. Я была лишь инструментом.

Однажды он привел меня в один из нижних уровней Ноктурна. В тускло освещенном зале стояли бесконечные ряды воинов. Их черные доспехи были покрыты рунами, пульсирующими багровым светом, а из-под шлемов виднелась лишь клубящаяся тьма. «Это мои Безмолвные Стражи, – с гордостью сказал Повелитель. – Совершенные воины, не знающие ни страха, ни боли. Но их сила зависит от подпитки из источника темной энергии, который, увы, подвержен влиянию Порчи».

Он подвел меня к одному из них. От Стража исходил холод и глухая, невыносимая боль, словно внутри этой оболочки все еще страдала чья-то искаженная душа. «Твоя Искра, усиленная Сердцем Света... – Повелитель хищно посмотрел на меня, – ...способна очищать то, что было искажено самой темной магией. Попробуй, дитя. Прикоснись к нему. Позволь своему свету проникнуть в эту тьму».

Я с ужасом посмотрела на него. Очистить это? Существо из чистой тьмы? Дрожа, я протянула руку и коснулась холодного доспеха. Собрав всю свою волю, я призвала Искру. Сначала ничего не происходило. Но потом... я почувствовала слабый ответ. Не от доспеха, а из глубины тьмы. Огонек жизни. Я инстинктивно направила на него весь свой свет.

И в этот миг я увидела видение. Молодой, светловолосый воин, яростно сражающийся за то, во что верил... а потом – всепоглощающая тьма, невыносимая боль, бесконечное отчаяние. Когда я открыла глаза, по лицу катились слезы. Страж стоял неподвижно. Но мне показалось, что руны на его доспехах на миг вспыхнули не багровым, а чистым золотистым светом.

«Интересно... – задумчиво пробормотал Повелитель. – Очень интересно. Похоже, твои способности еще более многогранны, чем я смел предполагать». Я поняла: это новое, еще более страшное испытание.

Вечером, когда я, опустошенная, осталась одна, я услышала тихий шорох у двери. Я замерла. Это была не служанка. Кто-то осторожно пытался просунуть что-то под дверь. На темном полу появился маленький, туго сложенный клочок пергамента.

Дрожащими руками я развернула его. На нем знакомым, рубленым почерком было нацарапано всего два слова. «Не верь». И подпись, которую я узнала бы из тысячи. Каэден.

Глава 24. Записка Во Тьме

Записка Каэдена, этот крошечный клочок пергамента, жгла мне ладонь. «Не верь». Два слова, в которых заключалась целая вселенная – сомнений, опасностей и призрачной надежды. Кому не верить? Повелителю? Ответ казался очевиден. Но что, если это очередная, еще более изощренная ловушка? Могла ли я доверять Каэдену, моему похитителю, слуге тьмы?

Я спрятала записку под матрас, чувствуя себя заговорщицей. Каждый шорох за дверью теперь казался предвестником разоблачения.

Мои «уроки» с Повелителем продолжались, но теперь я слушала его с удвоенной настороженностью. Его философия вселенского порядка, его вдохновенные рассказы о спасении Этерии – все это теперь проходило через фильтр недоверия. Я отчаянно искала в его речах двойное дно, истинные мотивы, ложь. И чем больше я искала, тем отчетливее ее находила. Его «благородные» цели всегда оправдывали жестокие средства. Его «идеальный порядок» подразумевал рабское подчинение. А его «светлое будущее» было окрашено в зловещие тона Ноктурна.

Эксперименты с Безмолвными Стражами превратились в моральную пытку. Повелитель был одержим идеей «очистить» их, используя мою Искру и Сердце Света. Каждый раз, прикасаясь к их холодным доспехам, я видела вспышки их прошлого – яркие жизни, жестоко отнятые, светлые души, порабощенные тьмой. Я не была уверена, что мое «очищение» приносит им облегчение. Мне казалось, я лишь усугубляю их страдания.

«Ты снова сомневаешься, дитя?» – Повелитель со своей сверхъестественной проницательностью всегда замечал мою внутреннюю борьбу. «Сомнение – это яд, Элара. Он ослабляет твою волю. Ты должна верить. Слепо. Безоговорочно». Но я не могла. Записка Каэдена стала тем семенем сомнения, которого он так боялся.

Я начала еще внимательнее изучать книги, которые он мне предоставлял, ища несоответствия, скрытые смыслы. В одной из древних хроник я наткнулась на упоминание о «Пожирателях Света» – могущественных существах, способных поглощать чистую магию, усиливая свою темную силу. Описание их методов было туманным, но что-то в нем заставило меня содрогнуться. Не мог ли Повелитель быть одним из них? Не для этого ли ему так нужна была моя Искра?

Я отчаянно пыталась найти способ связаться с Каэденом, но это было невозможно. Мои покои охранялись еще тщательнее.

Однажды Повелитель привел меня в огромное подземное помещение, оказавшееся... оранжереей. Под светом магических кристаллов росли невероятные, фантастические растения. Светящиеся мхи, огромные цветы, деревья с серебряной листвой. Это место было болезненно прекрасным и одновременно совершенно неестественным. Слишком идеальным. «Это мой личный сад, – сказал Повелитель. – Здесь я собрал все самое редкое и прекрасное, что еще осталось в Этерии». Он подвел меня к пруду, в котором плавали огромные белоснежные лилии. «Даже самая совершенная красота, дитя, нуждается в подпитке. Как и твоя Искра».

Он взял мою руку и поднес к одной из лилий. «Поделись с ней своей силой. Заставь ее сиять еще ярче». Я направила частичку Искры на цветок. Он действительно засиял ярче. Но одновременно я почувствовала, как что-то уходит из меня. Не просто энергия. А частичка моего света. Моей души.

«Видишь, дитя? – удовлетворенно улыбнулся Повелитель. – Чтобы что-то получить, нужно что-то отдать». В его словах снова притаилась ядовитая ложь. Я резко отдернула руку. «А что отдаете вы, мой Повелитель?» – с вызовом спросила я. «Я отдаю все, – тихо сказал он с нечеловеческой усталостью. – Свою жизнь. Свое бессмертие. Все ради спасения этой умирающей Этерии. Все ради порядка, который я должен здесь установить». Я не поверила ему. Ни на мгновение.

Вечером я была полна отчаянной решимости. Я должна была узнать правду. Снова связаться с Каэдном. Я вспомнила о Безмолвных Стражах. Если моя Искра могла достучаться до них, до того живого, что еще теплилось внутри... может быть, кто-то из них... Это был безумный, самоубийственный план. Но другого у меня не было.

На следующий день, когда Повелитель снова привел меня в зал со Стражами, я знала, что буду делать. Я выбрала неприметного стража в дальнем ряду. Повелитель приказал мне «очистить» его. Я подошла и, делая вид, что направляю на него Искру, попыталась снова позвать. Изо всех сил я посылала свой безмолвный, мысленный зов.

И вдруг... я почувствовала слабый, но такой явный ответ. Едва заметный, как шепот ветра. Руны на доспехах Стража на миг вспыхнули не багровым, а чистым золотистым светом. «Достаточно, – холодный голос Повелителя прервал мои попытки. – Ты сегодня на удивление рассеянна». Он выглядел разочарованным. Очевидно, он ничего не заметил. Когда мы выходили, я бросила последний взгляд на «моего» Стража. Он стоял неподвижно. Но я знала. Он услышал меня.

Этой ночью я достала единственный клочок пергамента. Я написала всего одно слово: «Где?» И под ним нарисовала символ Хранителей Света.

На следующий день, делая вид, что «очищаю» того же стража, я незаметно сунула ему под пластину доспеха на руке мою записку. Сердце оглушительно колотилось. Если Повелитель заметит... мне конец. Но он ничего не заметил. А «мой» Страж остался таким же безмолвным. Я не знала, сработает ли мой отчаянный план. Но это была моя единственная, последняя надежда. И я цеплялась за нее.

Глава 25. Нить Света Во Тьме

Дни после моей отчаянной попытки передать записку превратились в пытку ожиданием. Каждый шорох заставлял меня вздрагивать. Каждое утро, идя в зал с Безмолвными Стражами, я бросала на «моего» воина быстрые, украдкой взгляды, пытаясь уловить хоть какой-то знак. Но он оставался неподвижен.

Повелитель был доволен моим показным усердием. Эксперименты с моей Искрой и Сердцем Света становились все сложнее и опаснее. Он заставлял меня направлять потоки энергии на огромные расстояния, чувствовать и классифицировать магические потоки Ноктурна, создавать световые барьеры, которые тут же проверял на прочность своими атаками. Каждый «урок» оставлял меня опустошенной, но я стискивала зубы. Теперь у меня была цель – дождаться ответа от Каэдена.

Я стала еще внимательнее слушать Повелителя, пытаясь отделить правду от лжи. Он много и красиво говорил о великом будущем Этерии, и в его голосе звучала такая фанатичная убежденность, что иногда я поддавалась его темному очарованию. Но потом я вспоминала холод в его глазах, его безжалостность и записку Каэдена – «Не верь». И все его красивые слова рассыпались в прах.

Морвен тоже не оставлял меня вниманием. Он несколько раз появлялся на моих «уроках», задавая каверзные вопросы о природе магии, о моих ощущениях, о снах.

Я отвечала уклончиво, чувствуя, что он что-то подозревает.

Однажды, когда я в очередной раз «работала» с «моим» Стражем, я снова почувствовала что-то. Легкое, невесомое прикосновение к руке. Я испуганно отдернула ее, сердце бешено заколотилось. Но, прикоснувшись снова, я не почувствовала ничего. Неужели мне показалось?

Но на следующий день, снова подойдя к Стражу, я была готова. Я направила на него свой самый отчаянный мысленный зов. И когда моя рука коснулась его доспеха, я почувствовала то же легкое давление. А потом краем глаза заметила крошечный уголок сероватого пергамента, торчавший из-под пластины его доспеха.

Мое сердце подпрыгнуло от радости и замерло от страха. Ответ. Он ответил!

Я панически огляделась. Повелитель стоял в дальнем конце зала, разговаривая с Магистром Иллирием. Они не смотрели в мою сторону.

Дрожащими пальцами я изловчилась, подцепила пергамент и одним движением вытащила его. Я быстро сунула маленькую, туго свернутую записку в потайной кармашек. Весь остаток «урока» я провела как на иголках.

Наконец, это мучение закончилось. Как только дверь моей камеры закрылась, я бросилась к столу, доставая драгоценную записку. Она была еще короче, чем моя. Несколько слов, нацарапанных знакомым, рубленым почерком: «Библиотека. Сегодня. Полночь. Южный архив. Осторожно. Не одна».

Библиотека? Полночь? И «Не одна». С кем он будет? С тем, кто поможет? Или это предупреждение о новой ловушке?

Я пойду. Несмотря ни на что. Это был мой единственный шанс.

Но как выбраться? Магическая печать на двери была надежной. Я в отчаянии подошла к окну. Оно выходило на отвесную стену, уходящую на сотни метров вниз. Я снова посмотрела на записку. А потом – на сияющее на столе Сердце Света. И тут меня осенило.

Повелитель сам дал мне ключ к спасению. Он учил меня создавать из света сложные конструкты. А что, если я смогу создать что-то более прочное? Более практичное? Это было безумием. Но я должна была попытаться.

Я села на пол, положив перед собой Сердце Света. Закрыла глаза и сосредоточилась. Я представила себе не хрупкий цветок, а веревку. Длинную, невероятно прочную, из уплотненного света. Я направила на этот образ всю свою Искру, усиленную сиянием Сердца Света. Свет не хотел подчиняться, он стремился рассеяться. Но я стискивала зубы и продолжала. Снова. И снова.

Время шло. Я была полностью поглощена этой невозможной работой. И наконец... у меня получилось.

Передо мной на полу, слабо мерцая, лежала она. Веревка. Длинная, светящаяся мягким жемчужным светом и на удивление прочная на ощупь. Я сделала это. Я смогла.

Теперь оставалось самое сложное. Выбраться незамеченной. Спуститься по отвесной стене. И добраться до таинственного Южного архива. Узнать, наконец, что ждет меня там. Свобода? Или новая, еще более страшная ловушка?

Глава 26. Цена Надежды

Время до полуночи тянулось невыносимо, каждая секунда – как удар погребального молота. Я снова и снова проверяла свою сотканную из света веревку. Мысль о спуске по отвесной стене в бездонную пропасть вызывала приступы ужаса. Но страх быть разоблаченной, страх за Каэдена, был сильнее.

Я изучила ритм смены стражи. Короткий промежуток, когда один пост сменял другой, был моим единственным шансом. Когда наступила глубокая подземная ночь, я поняла, что пора.

Сердце Света я осторожно привязала к поясу. Его сияние могло выдать меня, но я не решалась его оставить. Оно было частью меня, моей последней надеждой.

Я привязала один конец световой веревки к ножке кровати. Держится. Медленно, стараясь не шуметь, я приоткрыла створки окна. Холодный воздух Ноктюрна ворвался в комнату. Внизу, на немыслимой глубине, виднелись огни подземного города. Стена была гладкой, отвесной.

«Ты сможешь, Элара», – прошептала я, пытаясь унять дрожь. «Ты должна».

Я перекинула веревку через подоконник, зажмурилась и шагнула в ледяную пустоту. Первые мгновения были чистым ужасом. Я болталась на призрачной веревке, как паучок на паутине, холодный ветер хлестал по лицу. Но инстинкт самосохранения взял свое. Я вцепилась в световую веревку, которая, к моему облегчению, оказалась прочной, и начала медленный, отчаянный спуск.

Несколько раз моя нога соскальзывала, и я беспомощно повисала на одних руках, паника сжимала горло. Но мысль о Каэдене, о его записке, о крупице надежды, которую она мне дала, заставляла двигаться вперед.

Наконец, когда силы были на исходе, я почувствовала под ногами твердую поверхность. Заброшенная галерея. Я отвязала световую веревку, она тут же истаяла в воздухе.

Теперь нужно было найти библиотеку. И Южный архив.

Я двигалась по темным коридорам, прижимаясь к стенам. Ночной Ноктюрн был полон пугающих звуков. Несколько раз мне приходилось в панике прятаться от ночных патрулей. Но мне везло.

После долгих блужданий я увидела знакомую арку – вход в библиотеку. Дверь была заперта, но рядом я заметила узкое незастекленное окно. Собрав последние силы, я подтянулась и протиснулась внутрь.

Библиотека ночью выглядела еще более зловещей. Огромные стеллажи отбрасывали на стены пляшущие тени. Воздух пах пылью, старым пергаментом и затаенной опасностью. Южный архив... Каэден писал о нем. Я вспомнила, как Повелитель упоминал, что самые древние и опасные манускрипты хранятся именно там.

Я пошла туда, стараясь ступать как можно тише. Южное крыло было еще темнее и пыльнее. Дверь в сам архив была слегка прикрыта. Я затаила дыхание и осторожно толкнула ее.

Архив оказался небольшим круглым залом, заставленным стеллажами с древними свитками. В центре стоял каменный стол, заваленный картами и чертежами. И он был совершенно пуст.

Мое сердце упало. Неужели я ошиблась? Неужели Каэден не пришел? Или... это была ловушка?

Внезапно в мертвой тишине я услышала шорох за дальним стеллажом. «Кто здесь?» – прошептала я. Тишина.

А потом из-за стеллажа медленно вышла темная фигура. Это был не Каэден.

Высокий, полностью облаченный в темную мантию, он сжимал в руке длинный тонкий стилет, который зловеще поблескивал. «Попалась, маленькая, глупая пташка», – прошипел голос, холодный и полный ядовитой злобы. «Лорд Каэден просил передать тебе пламенный привет. И не беспокоиться. Он скоро к тебе присоединится. В самых глубоких темницах нашего всемилостивого Повелителя».

Ловушка. Жестокая, безжалостная.

Незнакомец сделал медленный шаг ко мне. Я отступила, пока не уперлась спиной в стеллаж. Бежать было некуда.

И тут я поняла. «Не одна». Последние слова в записке. Он предупреждал меня. Он знал, что это ловушка. Он пытался меня спасти. Но было уже слишком поздно.

Глава 27. В Объятиях Тьмы, Рука Об Руку

Ловушка. Холодное, парализующее осознание выбило весь воздух из легких. Человек в темной мантии медленно, с наслаждением, приближался, его стилет зловеще поблескивал. Бежать было некуда.

«Кто тебя послал?» – с трудом выдохнула я. «Какая разница, глупая пташка? – он издал шипящий смешок. – Твой полет окончен. Повелитель будет... разочарован. А твой благородный защитник, Лорд Каэден... о, он сполна заплатит за предательство».

Каэден. Он пытался меня предупредить. И теперь он, возможно, уже схвачен. Из-за меня. Эта мысль обожгла сильнее любого страха. Ледяной ужас сменился яростным, безумным гневом. Я вспомнила слова Повелителя: «Магия – это воля». И я захотела. Отчаянно захотела жить. Бороться. Спасти Каэдена. И чтобы этот ублюдок сгорел в пламени моей Искры.

Я резко выставила руки вперед. Сердце Света на моем поясе вспыхнуло ослепительным сиянием. «Еще одна ведьма со своими фокусами?» – человек в мантии бросился на меня, его стилет был нацелен мне в грудь.

Но я была готова. Поток света, мощный, концентрированный, яростный, с ревом вырвался из моих ладоней, усиленный сиянием Сердца Света. Он ударил нападавшего прямо в грудь. Тот нечеловечески взвыл от боли и неожиданности, его отбросило в стеллаж. Книги и свитки градом посыпались на пол.

Но он не был повержен. К моему ужасу, он с нечеловеческой ловкостью вскочил на ноги, его глаза под капюшоном горели яростью. «Мерзкая тварь! Ты за это заплатишь!» Он снова бросился на меня, на этот раз действуя быстрее, хитрее. Я неуклюже уворачивалась, отчаянно пытаясь снова сконцентрировать Искру. Но он был слишком быстр, слишком опытен.

Он изловчился и до хруста схватил меня за правую руку, выкручивая ее. Я вскрикнула от боли, силы покидали меня.

И тут... Массивный стеллаж рядом с оглушительным грохотом рухнул, подняв тучи пыли. Его с невероятной силой толкнула темная фигура, выскочившая из-за соседнего ряда.

Каэден! Он был здесь. Он был жив. «Не смей трогать ее, мразь!» – прорычал он. В его руке сверкал знакомый меч.

Нападавший, опешив, на миг ослабил хватку. Я вырвалась и отскочила в сторону. «Каэден!» – вырвалось у меня. «Уходи, Элара! Быстрее!» – крикнул он, не глядя на меня. Он вступил в смертельную схватку.

Их мечи скрестились с пронзительным звоном. Они сражались, как два разъяренных демона, превращая хранилище знаний в арену. Каэден был великолепен в своей ярости – неудержимая буря. Но и его противник был невероятно быстр и ловок. Я не могла уйти.

«Кто тебя послал?!» – Каэден прижал врага к стене, его меч был у горла нападавшего. «Ты... пожалеешь, предатель... – прохрипел тот. – Морвен... он найдет тебя...» Морвен! Значит, это он стоял за всем.

Внезапно человек в мантии сделал резкое движение, в его другой руке блеснул маленький отравленный кинжал. Он попытался ударить Каэдена в бок. «Каэден, берегись!» – закричала я.

Он успел отшатнуться, но отравленное лезвие чиркнуло его по руке, оставляя алую полосу. «Ах ты, гадина!» – Каэден взревел от ярости и одним ударом выбил кинжал, а затем оглушил врага эфесом меча. Тот мешком рухнул на пол.

Каэден тяжело дышал, прижимая раненую руку. «Быстро, Элара, у нас мало времени! Скоро здесь будет вся стража!» Он схватил меня за здоровую руку, и мы бросились к выходу. «Но... куда мы теперь?» – спросила я, задыхаясь. «Как можно дальше отсюда! – бросил он. – У меня есть на примете тайный ход...»

Мы выбежали из библиотеки. Каэден вел меня уверенно, но я видела, как он морщится от боли. Из-за угла выскочили двое стражников. «Стоять! Именем Повелителя!» Каэден молниеносно атаковал их. Через несколько мгновений оба стражника лежали в лужах крови. Но вдалеке уже слышались голоса и топот погони.

«Сюда!» – Каэден толкнул неприметную панель в стене, открывая узкий, темный проход. «Лезь, Элара!» Мы едва успели протиснуться внутрь, и панель с глухим стуком закрылась. Мы были в безопасности. Пока.

Я тяжело прислонилась к стене, пытаясь отдышаться. Каэден хрипло дышал рядом. «Спасибо... – прошептала я. – Ты... ты снова спас меня». «Я пытался тебя предупредить, – его голос был хриплым, усталым. – Но Морвен оказался хитрее. Он использовал мою записку, чтобы заманить тебя. И меня. Он знал, что я не оставлю тебя».

«Твоя рука... она отравлена». «Не сейчас. Главное – выбраться. Этот ход ведет в древние катакомбы. Если повезет, мы уйдем незамеченными». «А если... не повезет?» Он усмехнулся горько. «Тогда, Элара, мы погибнем, сражаясь. Вместе. Но не сдадимся живыми. Никогда».

Он осторожно взял меня за руку. «Идем, Дитя Искры. Нас ждет долгий и очень темный путь». И мы, держась за руки, шагнули во тьму, навстречу новой, еще более страшной неизвестности.

Глава 28. Из Тьмы к Звездам... и Обратно

Тьма в катакомбах была абсолютной, непроницаемой. Пахло пылью, плесенью и давно забытой смертью. Каэден уверенно шел впереди, его левая рука крепко сжимала мою. Я слышала его тяжелое дыхание — отравленная рана причиняла ему невыносимую боль.

«Долго нам еще так идти?» — прошептала я. «Я не знаю, Элара, — его голос был глухим. — Этот ход не использовался столетиями. Он можт быть обрушен. Но это наш единственный шанс».

Я понимала. Но страх перед этой удушающей темнотой и неизвестностью брал свое. Я попыталась сосредоточиться на своей Искре, но она была слабой, приглушенной усталостью и ужасом. Сердце Света на моем поясе тоже затаилось.

Внезапно Каэден остановился. «Стой. Впереди вода». В темноте доносился тихий плеск. «Часть туннеля затоплена, — сказал он. — Неглубоко, но придется идти вброд. Держись за меня крепче».

Вода оказалась ледяной, обжигающей. Она доходила мне до пояса, и каждый шаг по скользкому дну давался с трудом. Я вцепилась в руку Каэдена, панически боясь, что коварное течение унесет меня.

Когда мы выбрались на сухой участок, я дрожала от холода. Каэден тоже выглядел не лучше. Его лицо было мертвенно-серым, а раненая рука – вся в темной крови. «Нужно осмотреть твою рану, Каэден, – сказала я. – Она кровоточит. И этот яд...» «Нет времени, – резко отрезал он. – Они уже близко. Я слышу...»

И тут я тоже услышала. Далекий, но приближающийся лай – или вой? – и топот множества ног. Стража Ноктурна. «Они знают и об этих ходах?» – с ужасом спросила я. «Некоторые, – болезненно поморщился Каэден. – Морвен знает все тайны этой цитадели. Он наверняка перекрыл все выходы. Мы в ловушке».

Мы перешли на отчаянный бег. Туннели ветвились, образуя бесконечный лабиринт. Когда мы остановились на миг, чтобы перевести дух, я решилась. «Каэден, твоя рана... Умоляю, позволь мне взглянуть». Он посмотрел на меня с сомнением, но, видимо, боль стала невыносимой, и он коротко кивнул.

Рана выглядела ужасно. Длинная, рваная, она все еще сочилась темной кровью. Края были воспалены. «Это темная магия, – прошептала я. – Она пожирает твою плоть».

Я достала Сердце Света. Оно вспыхнуло, откликнувшись на мой зов. Я поднесла его к ране. Мягкий, золотистый свет окутал поврежденную плоть. Каэден напряженно наблюдал, до крови закусив губу, чтобы не застонать.

Когда я отняла Сердце Света, рана выглядела неизмеримо лучше. Кровотечение остановилось, воспаление спало. «Спасибо... – хрипло сказал он. – Я снова в долгу перед тобой». «Мы в одной лодке, Каэден, – устало ответила я. – Если не выберемся вместе, не выберемся вообще».

Он твердо кивнул. «Ты права. Нужно идти. Они совсем близко». Теперь между нами что-то неуловимо изменилось. Общая опасность, моя помощь – все это создавало новую, хрупкую связь, глубже, чем зависимость пленницы от тюремщика.

Туннель раздвоился. Один ход вел вниз, в темноту, откуда тянуло сыростью. Другой, узкий и крутой, – вверх, к слабому проблеску света. «Вниз – старые гробницы, – сказал Каэден. – Смертельно опасно. А вверх, если мне не изменяет память, – заброшенные рудники. Это наш единственный шанс. Если мы хотим увидеть звезды».

Мы полезли наверх. Лаз был таким узким, что приходилось буквально протискиваться. Наконец, он начал расширяться, и я почувствовала... свежий, морозный воздух. Мы выбрались в небольшую пещеру, на стенах которой поблескивали кристаллы. А в дальнем ее конце, как спасительный маяк, виднелся выход – пролом в скале, за которым сияли звезды. Настоящие.

Мы были свободны. Я жадно вдохнула пьянящий воздух, по щекам текли слезы.

Но наша радость была недолгой. Едва мы сделали несколько шагов, как из теней вышли вооруженные фигуры. Их было много. Слишком много. А впереди, освещенный холодной луной, стоял Магистр Иллирий. Его поросячьи глазки злорадно блестели. «Какая приятная неожиданность, не правда ли, мой дорогой Лорд Каэден? И вы, моя милая Элара, – его голос сочился ядом. – Вы действительно думали, что сможете уйти от всевидящего ока Повелителя? Он был очень... расстроен вашим предательством. И приказал мне вернуть вас. Живыми. Или... живыми. Выбор за вами».

За его спиной воины Ноктурна лениво поднимали арбалеты. Мы снова были в ловушке. И на этот раз выхода не было. Никакого.

Глава 29. В Пасти Неизвестности

Ледяные слова Магистра Иллирия обрушились на нас, как лавина, замораживая хрупкую надежду. Ловушка захлопнулась. Мы стояли на небольшом каменном уступе, окруженные воинами Ноктурна, их арбалеты были нацелены нам в грудь.

Каэден шагнул вперед, загораживая меня спиной. Даже раненый и измотанный, он выглядел как загнанный волк, готовый дорого продать свою жизнь. «Иллирий! Какая честь, – его голос сочился ядовитым сарказмом. – Сам великий Магистр решил лично проводить нас обратно? Боюсь, мы вынуждены отказаться».

Иллирий издал визгливый смешок. «Лорд Каэден, всегда такой остроумный. Даже перед лицом неминуемой и, смею заверить, весьма болезненной... корректировки. Наш Повелитель был очень огорчен вашим предательством. И поручил мне доставить вас обратно. Живыми. Или... живыми».

«Предательством? – усмехнулся Каэден. – Я всего лишь пытался спасти ценный для Повелителя актив от твоих, Иллирий, дилетантских экспериментов». «Как ты смеешь, предатель!» – лицо Магистра исказилось от ярости. В его руке вспыхнул и запульсировал шар из концентрированной темной энергии. «Ты жестоко заплатишь за свою дерзость! А эта мерзкая девчонка... о, с ней у меня будут свои «уроки». Я научу ее истинному повиновению. И страданию».

Я почувствовала, как Каэден весь напрягся, как стальная пружина. Мы были в безвыходном положении. «Элара, – прошептал он, – когда я дам знак... беги. К расщелине в скале слева. И не оборачивайся». «Я не брошу тебя...» – начала я. «Делай, что я говорю! Это приказ!»

«Никаких трогательных прощаний, мой дорогой Лорд Каэден? – злорадно усмехнулся Иллирий. – Взять их!» Воины двинулись на нас, сужая кольцо. «Сейчас, Элара! Беги!» – отчаянно крикнул Каэден.

И в этот момент он сделал невероятное. Он с силой ударил кулаком по земле у своих ног, выкрикнув какое-то гортанное, звериное слово.

Земля содрогнулась с оглушительным грохотом. Каменный уступ, на котором мы стояли, начал крошиться и обваливаться в пропасть. «Какого демона?!» – в ужасе отшатнулся Иллирий, его шар темной энергии погас. «Беги, Элара! Сейчас же!» – Каэден толкнул меня в сторону расщелины.

Я обернулась. Он стоял на самом краю, отбиваясь от воинов, успевших до него добраться. Я видела, что он на пределе. А Иллирий уже формировал новый, еще более мощный шар тьмы. Я не могла его бросить.

Я резко выставила руки, концентрируясь на сияющем на моем поясе Сердце Света. Оно вспыхнуло, откликаясь на мой зов. Я направила всю оставшуюся Искру на Иллирия. «Свет! Да будет свет!» – вырвалось у меня.

Ослепительная вспышка золотистого света ударила из моих ладоней. Она была не такой мощной, как раньше, но ее хватило, чтобы на мгновение ослепить Иллирия и его воинов. «Элара, нет! Я же сказал – беги!» – голос Каэдена был полон отчаяния.

Но я уже бежала к нему. Я схватила его за здоровую руку, наши пальцы сплелись. «Мы уйдем отсюда вместе,

Каэден! Или погибнем вместе!» Он посмотрел на меня, и в его глазах мелькнуло что-то невероятно теплое. «Упрямая, несносная девчонка...» – прошептал он с тенью своей прежней усмешки.

Мы бросились к спасительной расщелине. За нашими спинами слышались яростные крики Иллирия. Мы с трудом протиснулись в узкий, темный лаз. Каэден, несмотря на рану, двигался с удивительной ловкостью, то и дело подталкивая меня вверх.

Наконец, лаз начал расширяться, и я почувствовала дуновение свежего воздуха. Мы выбрались на небольшую, скрытую каменную площадку, нависающую над бездной. Отсюда открывался невероятный вид на Ноктурн. А прямо перед нами, в скале, зияла еще одна пещера. От нее исходило слабое, но такое манящее золотистое свечение. «Что... это за место?» – прошептала я.

Каэден с удивлением смотрел на пещеру. «Я не знаю, Элара. Клянусь, я никогда не видел этого места раньше». Внезапно из глубины пещеры донесся тихий, невероятно мелодичный звук, похожий на пение или звон колокольчиков. И Сердце Света на моем поясе вспыхнуло, завибрировав в ответ.

Мы переглянулись. Смертельная опасность была позади, но впереди нас ждала новая, непонятная загадка. «Идем?» – спросила я, мой голос дрожал от страха и любопытства. Каэден медленно кивнул. «Похоже, Элара, у нас нет другого выбора. Кроме как идти вперед».

И мы, поддерживая друг друга, шагнули в светящуюся пещеру, навстречу неизвестности, которая могла стать как спасением, так и новой, еще более страшной ловушкой.

Глава 30. Святилище Древних и Ярость Преследователей

Светящаяся пещера манила нас в свои теплые, сияющие глубины, обещая укрытие и ответы. Неземной хрустальный звон становился все громче. Он был похож на пение неведомых существ, и от этого гипнотического звука по телу разливалось умиротворяющее тепло. Сердце Света на моем поясе пульсировало в такт этому звуку, его сияние становилось все ярче, освещая нам путь.

Стены пещеры были покрыты свстящимися минералами, которые жили своей таинственной жизнью, излучая мягкий, жемчужный свет. Воздух был чистым, пах озоном и тонкими цветочными ароматами. Это место было полной противоположностью зловонным подземельям Ноктюрна. Это было похоже на сказку. «Ты... чувствуешь это, Каэден?» – прошептала я. Он медленно кивнул, в его глазах отражалось неприкрытое удивление. «Да. Это невероятная, чистая, древняя магия. Такая, какой я не чувствовал никогда».

Вскоре мы вышли в огромный круглый зал, залитый мягким светом. Я ахнула от восторга. В центре, словно жемчужина в раковине, находилось идеально круглое подземное озеро. Вода в нем была кристально чистой и светилась изнутри нежным голубоватым светом. Из центра озера вырастал огромный многогранный кристалл, медленно вращающийся и переливающийся всеми цветами радуги. Именно от него исходил тот чарующий хрустальный звон, который привел нас сюда.

«Что это за невероятное место?» – прошептала я. «Не знаю, – тоже шепотом ответил Каэден. – Похоже на како-е-то очень древнее святилище. Место силы».

Мы подошли к краю озера. Вода была на удивление теплой. Я посмотрела на свое отражение и впервые за долгое время увидела в своих глазах не только страх, но и живой интерес. Любопытство. Надежду. Каэден опустился на колени и зачерпнул пригоршню светящейся влаги. «Чистая... – пробормотал он. – Абсолютно чистая... Ни следа Порчи». Он с сомнением посмотрел на свою раненую руку, а затем осторожно омыл ее этой водой. Я с благоговейным ужасом увидела, как воспаление на его ране начало стремительно спадать. Через несколько мгновений от пореза не осталось и следа.

Я подошла к самому краю озера, к гигантскому кристаллу. От него исходила такая чистая и могущественная энергия, что у меня перехватило дыхание. Она была похожа на мою Искру, но во много раз сильнее. Когда я, повинуясь внутреннему порыву, протянула руку к кристаллу, он вспыхнул ослепительно ярко, и хрустальный звон на миг стал оглушительным. Моя Искра откликнулась, потянулась к этой силе, сливаясь с ней.

Меня захлестнул поток образов. Я видела рождение и гибель миров, сияющие города, парящие в небесах, видела прекрасные расы, живущие в гармонии. Видела первых Хранителей Света, черпающих силу из таких же кристаллов. И я увидела... войну. Страшную, разрушительную войну с Тенью, которая принесла с собой Сумрачную Порчу. Я увидела, как последние Хранители создавали Сердца

Лесов, Гор и Вод, чтобы сберечь последние искры света. И я осознала... древнее пророчество. О Дитя Искры, о той, что придет во времена великой тьмы, чтобы возродить угасающий свет.

Видение было таким ярким, что по щекам покатились слезы. Когда оно отступило, я стояла на коленях у озера. «Элара! Что с тобой?!» – Каэден был рядом, его голос был полон панической тревоги. «Я... видела... – с трудом выговорила я. – Я видела прошлое. И пророчество. Кажется... оно обо мне». Я рассказала ему все. Он слушал, его лицо становилось все более мрачным.

«Дитя Искры... Последняя надежда... – тихо пробормотал он. – Значит, легенды не лгали. И Повелитель... он, без сомнения, тоже знает об этом. Поэтому ты так важна для него». «Но почему он не сказал мне?» «Повелитель никогда не говорит всей правды, Элара, – горько усмехнулся Каэден. – Он хочст нс просто использовать тебя, он хочет сломать твою волю. И я боюсь, что его «возрождение Этерии» может оказаться для этого мира страшнее, чем сама Порча».

Он подошел к стене, где были высечены руны Хранителей. «Это место... одно из их древних святилищ. Возможно, последнее. Повелитель не только украл их знания, он извратил их. Но это место осталось нетронутым. Скрытым». «Но как мы его нашли?» «Сердце Света, – он посмотрел на сияющий артефакт у меня на поясе. – Оно привело нас сюда. Оно знало дорогу домой». Он снова посмотрел на меня. «Элара, то, что ты узнала... это меняет все. Теперь у нас есть не просто надежда. У нас есть цель. Не просто сбежать. А попытаться исполнить это пророчество. И не дать Повелителю использовать тебя во зло».

В его голосе звучала непоколебимая уверенность. Он больше не был моим тюремщиком. Он становился... моим союзником. Но прежде чем я успела ответить, из туннеля донеслось яростное рычание, крики и лязг стали. «Они все-таки нашли нас! – Каэден выхватил меч. – Похоже, наше уединение подошло к концу, Элара!»

Из темноты вырвались Порченые. А за ними, злобно ухмыляясь, шел Магистр Иллирий. «Ах, вот вы где, мои неуловимые голубчики! – прошипел он. – Решили устроить себе святилище? Поиграть в Хранителей Света? Не выйдет! Повелитель будет в восторге, когда узнает об этом местечке. И о том, что его драгоценный «ключик» нашел себе нового... покровителя». Он с жадностью посмотрел на сияющий кристалл в центре озера.

Порченые с ревом бросились на нас.

Глава 31. Гармония Света и Пепел Святилища

Яростное рычание десятков Порченых обрушилось на нас, смешиваясь со злорадным смехом Магистра Иллирия. Темные фигуры хлынули из туннеля, их глаза горели безумным огнем. «Никуда вы не денетесь, презренные предатели! – прошипел Иллирий, его голос осквернял чистоту этого места. – Это святилище станет вашей могилой!»

Каэден одним движением выставил меч, его лицо было как высеченная из камня маска. «За мной, Элара! Прикройся! И не дай им добраться до центрального кристалла!»

Мы отступили к сияющему озеру. Центральный кристалл, ощутив опасность, запульсировал ярче, его хрустальный звон смешался с лязгом стали. Сердце Света на моем поясе вспыхнуло так ярко, что я испугалась, что оно вот-вот взорвется.

Первая волна Порченых обрушилась на нас. Каэден встретил их вихрем сверкающей стали, его меч двигался с нечеловеческой скоростью. Но тварей было слишком много. Одна из них, гигантская, с клыкастой пастью, прорвалась и прыгнула прямо на меня.

Ужас не парализовал меня. Я вспомнила все, чему училась. Я резко выставила руки, концентрируясь на своей Искре, на сиянии Сердца Света, на энергии самого святилища. «Свет! Да будет Свет!» – вырвалось у меня из груди.

Поток чистой, ослепительной энергии ударил Порченого в морду. Тварь пронзительно взвыла и отлетела, ее шкура задымилась и почернела. «Так держать, Элара!» – сквозь шум битвы донесся крик Каэдена.

Но Иллирий прошипел темное заклинание. Из клубящейся вокруг него энергии сформировались длинные темные дротики и с пронзительным свистом устремились к нам. Каэден отбил два, но третий летел прямо мне в грудь. Я зажмурилась, ожидая удара.

Но его не последовало. Сердце Света вспыхнуло, создав вокруг меня мерцающий золотистый барьер. Дротик ударился о него и рассыпался в прах. «Что?! Как это возможно?! – Иллирий был поражен. Его глаза загорелись безумной жадностью. – Он будет моим!»

Он направил на меня еще более мощный поток черной энергии. Я снова выставила руки, и моя Искра, слившись с силой Сердца Света, создала сияющий щит. Два потока столкнулись с оглушительным грохотом. Меня отбросило назад, к самому краю озера.

Каэден с яростным рыком бросился на оставшихся Порченых, расчищая себе путь ко мне. Он был ранен, но сражался как берсерк. И тут я заметила, что центральный кристалл начал светиться еще интенсивнее. Его хрустальный звон стал оглушительным. Я почувствовала, как его первозданная энергия вливается в меня, многократно усиливая мою Искру.

«Используй его, Элара! – крикнул Каэден. – Всю мощь этого святилища!» Я посмотрела на Иллирия, который готовил новую атаку. Я знала, что должна остановить его. Я закрыла глаза и позволила силе кристалла, силе Сердца Света и своей Искре слиться воедино. Во мне родилось нечто новое – идеальная гармония созидания и разрушения.

Когда я открыла глаза, мои руки светились так ярко, что на них было больно смотреть. Я направила этот всесокрушающий поток объединенной энергии на Порченых, окружавших Каэдена. Свет ударил по ним, и они не просто сгорели. Их тела окутало золотистое сияние, а затем они с тихим вздохом рассыпались в мириады светящихся спор, которые жадно впитала земля. И там, где они исчезли, пробились ростки изумрудной травы.

Даже Иллирий замер, пораженный этим божественным зрелищем. «Что... что ты сделала, ведьма?!» – прохрипел он. «Я не ведьма. Я исцеляю», – спокойно ответила я, и в голосе была новая, незнакомая сила.

Каэден прорвался ко мне. «Элара, ты... гений!» – с благоговением выдохнул он. Но шок Иллирия сменился безумной яростью. «Глупая девчонка! Ты не представляешь, с какой силой играешь!» С яростным воплем он направил свой самый мощный удар не на меня, а на сердце святилища – на гигантский сияющий кристалл. «Нет!» – в отчаянии закричала я.

Черный луч ударил в кристалл. Раздался невыносимый треск, и кристалл пошел глубокими трещинами. Его сияние начало меркнуть, а хрустальный звон сменился предсмертным стоном. Святилище содрогнулось, с потолка посыпались камни. «Что ты наделал, безумец?!» – Каэден с яростным криком бросился на хохочущего Иллирия. «Если я не могу этим обладать, то оно не достанется никому!» – истерически рассмеялся тот и исчез, растворившись в тенях.

Мы остались одни посреди разрушающегося зала. Центральный кристалл умирал. «Мы должны уходить, Элара! – Каэден схватил меня за руку. – Все сейчас обрушится!» Но я не могла. Я смотрела на умирающий кристалл, и мое сердце сжималось от боли. «Я... должна его спасти...» – прошептала я. «Элара, нет! Это слишком опасно! Ты не выдержишь!»

Но я уже не слушала. Я подошла к погасшему кристаллу и прикоснулась к нему обеими руками. Он был ледяным, безжизненным. Я закрыла глаза и, собрав последние остатки своей Искры, все тепло Сердца Света, всю целительную энергию, направила на него. Я отдавала все, до последней капли, зная, что это может убить меня.

Я почувствовала, как умирающий кристалл слабо откликнулся. Робкий, угасший проблеск света. А потом... все поглотила тьма. Мягкая, теплая, убаюкивающая тьма полного беспамятства.

Глава 32. Пробуждение Святилища и Зов Прошлого

Первым, что я почувствовала, возвращаясь из бархатного небытия, был пронизывающий холод, а затем – желанное тепло, исходящее от моих ладоней. Твердый камень под спиной и чья-то рука, осторожно стирающая с моего лба что-то липкое.

С трудом я открыла глаза. Надо мной склонялся Каэден. Его лицо, освещенное тусклым светом Сердца Света, которое он держал в руке, было мертвенно-бледным. В его темных глазах плескалась отчаянная тревога. «Элара... ты наконец-то очнулась, – в его голосе прозвучало искреннее облегчение. – Слава всем забытым богам».

Я попыталась сесть, но тело было слабым. Голова гудела. «Что произошло, Каэден? Кристалл...» «Ты спасла его, Элара. Ценой своей силы». Он помог мне прислониться к стене и кивнул в центр зала.

Я ахнула от изумления. Гигантский кристалл был совершенно другим. Уродливые трещины затянулись, и теперь из них лился теплый золотистый свет. Сам кристалл излучал ровное, золотисто-серебряное сияние, наполняя святилище покоем и первозданной силой. «Он... он жив?» – прошептала я. «Более чем жив, – Каэден подложил под мою спину свой плащ. – Когда ты потеряла сознание, он вспыхнул так ярко, что я подумал, он похоронит нас под обломками. А потом... началось это преображение».

Святилище тоже изменилось. Свод был цел и невредим. Вода в озере мерцала тысячами золотистых искорок. Растения по краям зала выпрямились, на них появились бутоны. Воздух пах цветами и озоном. «Ты сделала это, Элара, – тихо, благоговейно, повторил Каэден, глядя на меня с удивлением и восхищением. – Ты не просто исцелила его. Ты пробудила его древнюю силу. Вернула этому месту душу».

Я чувствовала себя опустошенной, но где-то глубоко внутри ощущала новую, неразрывную связь с этим местом, с этим живым кристаллом и с Сердцем Света. Каэден осторожно вложил артефакт мне в руки. Его теплая пульсация теперь совпадала с биением моего сердца. «Иллирий... он ушел?» – спросила я. «Едва успел унести ноги, – криво усмехнулся Каэден. – Но он, без сомнения, вернется. И доложит Повелителю. О тебе. Об этом месте. И о том, на что ты способна».

«Мы должны уходить. Пока они не вернулись». «Согласен. Но выход, через который мы вошли, скорее всего, завален. Но я думаю... это место уже приготовило для нас другой путь». Он коснулся одной из рун на стене, и часть ее бесшумно отъехала в сторону, открывая темный проход, из которого потянуло свежим горным ветром.

«Куда он ведет?» – спросила я, с трудом поднимаясь на ноги. Каэден тут же подхватил меня под руку. «Не знаю. Но это лучше, чем сидеть здесь и ждать. Ты сможешь идти?» Я слабо, но решительно кивнула.

Мы шагнули в новый, неизвестный туннель. Он был сухим и теплым. И чем дальше мы шли, тем сильнее я чувствовала настойчивый зов. «Ты тоже это чувствуешь?» –

спросила я. «Да, – кивнул Каэден. – Словно что-то или кто-то очень древний ждет нас впереди».

Туннель вывел нас на каменную площадку, нависающую над бездонным ущельем. На противоположной стороне, на вершине скалы, виднелись величественные руины древнего города, окутанные утренней дымкой. Оттуда и исходил тот властный зов. «Что это за место?» – прошептала я. «Не знаю. Я никогда не видел его на картах. Оно было скрыто тысячелетия».

Внезапно Сердце Света в моих руках вспыхнуло, и меня захлестнул поток образов. Я увидела этот город во всем его былом великолепии – сияющая цитадель Света, парящая среди облаков. Видела ее обитателей – высоких, прекрасных Хранителей. И снова увидела… себя, или кого-то до дрожи похожего, на вершине главной башни, источающую такой же ослепительный свет, как моя Искра. А потом – война. Огонь, смерть, разрушение. Темные тени, наступающие на цитадель. И я увидела последнего Хранителя – седовласого старца с глазами, полными вселенской печали. Он спрятал что-то очень важное глубоко под основаниями гибнущей цитадели, прежде чем тьма поглотила и его.

Видение оборвалось. «Элара? Что ты видела?» – обеспокоенно спросил Каэден. Я рассказала ему все. «Легендарная Цитадель Света… Оплот древних Хранителей… – тихо пробормотал он. – Если это правда, то там действительно может быть что-то, что поможет нам. Древнее оружие против Повелителя. Или знание, которое позволит тебе использовать твою силу в полной мере». Он с сомнением посмотрел на пропасть. «Но как нам туда добраться?»

И тут, словно по волшебству, я заметила ее. Узкую, едва заметную тропу, вьющуюся по отвесному склону, ведущую вниз, к реке, а затем – вверх, к манящим руинам. «Кажется, я знаю как», – сказала я, и в моем голосе впервые прозвучала уверенность. Каэден проследил за моим взглядом. «Невероятно... Но ты права. Это очень опасно. Но это наш единственный путь». Он посмотрел на меня, и в его глазах я впервые увидела не просто решимость, а настоящую надежду. «Ты готова к этому, Дитя Искры?»

Я посмотрела на сияющее Сердце Света, потом – на далекие руины. Да, я была готова. Готова узнать свое прошлое. И бороться за свое будущее. «Да, Каэден, – твердо ответила я. – Я готова. Идем».

И мы, поддерживая друг друга, снова шагнули в неизвестность.

Глава 33. Наследие Хранителей и Древний Страж

Спуск в бездонное ущелье был не менее опасным, чем наш побег. Узкая тропа осыпалась под ногами. Каждый шаг приходилось делать с невероятной осторожностью. Каэден, несмотря на рану, шел первым, проверяя каждую опору. Я следовала за ним, стараясь не смотреть в головокружительную пропасть, на дне которой ревела горная река. Сердце Света на моем поясе излучало успокаивающее тепло, придавая сил.

Переправа через бурлящий поток оказалась настоящим испытанием. Никакого моста. Лишь скользкие валуны торчали из пенистой воды. Каэден первым с ловкостью горного кота перебрался на другой берег, а затем вернулся за мной. Крепко сжимая мою ладонь, он помог мне преодолеть яростный поток.

Подъем на противоположный, еще более крутой склон был мучительным. Мы карабкались вверх, цепляясь за корни и выступы скал, пока, наконец, совершенно измученные, не выбрались на заросшее травой плато, где раскинулись величественные руины древнего города.

Здесь было пугающе тихо. Лишь ветер печально шелестел в стенах, заросших плющом. Огромные каменные блоки, некогда бывшие частью устремленных в небо зданий, лежали хаотичными грудами. Но даже в этом запустении чувствовалось что-то древнее, могущественное, священное. Воздух был чист, свободен от зловония Порчи. А Сердце Света на моем поясе засияло ярче, его пульсация стала радостней.

«Цитадель Света...» – благоговейным шепотом произнесла я, глядя на призрачные остатки высокой башни, которую видела в своем видении.

Мы осторожно двинулись вглубь руин. Древний город был огромен. Мы видели остатки величественных храмов, просторных библиотек, изящных домов. На уцелевших стенах виднелись полустертые фрески, изображавшие крылатых существ и эпические битвы воинов Света с порождениями Тени.

Внезапно я почувствовала сильный, непреодолимый зов. Он исходил от той самой башни. Сердце Света на моем поясе вспыхнуло так ярко, что Каэден прищурился. «Похоже, оно не только знает дорогу, но и очень торопится», – сказал он с усмешкой, в которой уже не было горечи.

Мы бегом направились к башне. У ее подножия, среди обломков, мы обнаружили узкий вход, скрытый плющом. Внутри было темно и сыро, пахло пылью и плесенью. Но как только мы шагнули внутрь, Сердце Света вспыхнуло, как маленькое солнце, освещая огромное, пустое круглое помещение. В центре, на мраморном постаменте, лежал раскрытый фолиант, переплетенный в ослепительно белую, светящуюся кожу.

Я с трепетом подошла к нему. Это было оно. Наследие Хранителей Света. Я осторожно коснулась страниц, теплых и живых. Мириады древних рун, начертанных золотистым составом, вспыхнули, наполняя зал божественным сиянием.

Меня захлестнул поток видений, еще более ясных, чем прежде. Я увидела всю историю Хранителей Света – их мудрость, их созидательную магию, их отчаянную борьбу с Тенью. Увидела, как они создавали Сердца Лесов, Гор и Вод. И я увидела... Повелителя.

Он был другим. Моложе. И он, к моему ужасу, был одним из них. Одним из самых могущественных и талантливых Хранителей. Божественно прекрасный, со звездными, но тогда еще чистыми глазами. Но уже тогда в них горел холодный, властный огонь. Я увидела, как он, снедаемый гордыней и жаждой власти, начал тайно изучать запретные знания. Увидела, как он пытался подчинить себе не только Свет, но и первозданную Тень, веря, что так можно достичь истинной гармонии. Я увидела его трагическое падение. Его чудовищное предательство. И то, как он, поглощенный и извращенный тьмой, сам стал Темным Властелином.

Видение было таким пронзительно реальным, что я вскрикнула от боли и отшатнулась от фолианта. «Элара! Что ты видела?!» – Каэден подхватил меня. «Он... он был одним из них... одним из Хранителей Света... – прошептала я. – Повелитель... он предал Свет. Он сам принес эту Тень в наш мир...»

Я рассказала ему все. Каэден долго молчал, его лицо стало пепельным. «Значит, все те безумные слухи... они были правдой, – глухо сказал он. – Я всегда чувствовал, что в нем есть что-то... неправильное. Его ненависть к Порче – это нечто большее. Это... невыносимая ненависть к самому себе. К чудовищу, которое он сотворил». Он подошел к фолианту. «Эта книга, Элара... это не просто история. Это их сила. И, возможно, ключ к тому, как нам остановить его».

Я снова подошла к фолианту. Теперь я видела описания ритуалов Света, способы усиления Искры, чертежи артефактов, способных рассеивать Тень. И я увидела упоминание о других Сердцах Света, спрятанных в разных уголках Этерии. Если их все найти... если их объединить...

Внезапно земля содрогнулась. С потолка посыпались камни. «Что происходит?!» – в ужасе крикнул Каэден, выхватывая меч.

Из темного прохода, который мы не заметили, донесся низкий, утробный рык. И оттуда медленно выползло... нечто. Огромное, покрытое темной чешуей, с несколькими парами горящих багровым огнем глаз. Оно было соткано не из плоти, а из концентрированной тени. Древний страж этого места? «Похоже, мы здесь не одни, – мрачно сказал Каэден. – И это чудовище не слишком похоже на гостеприимного библиотекаря».

Чудовище издало оглушительный рев, от которого задрожали основы башни, и стремительно бросилось на нас.

Глава 34. Танец Света и Тени

Оглушительный рев теневого чудовища, стража цитадели, эхом прокатился по башне. Огромное, чешуйчатое тело заполнило зал, его багровые глаза сочились первобытной злобой. Каэден мгновенно выставил меня за свою спину, его меч тускло сверкнул. «Древние Хранители оставили здесь весьма ревностного охранника, – прорычал он. – Держись позади меня, Элара! И будь готова использовать свою силу!»

Чудовище бросилось вперед, его когти высекали искры из каменного пола. Каэден встретил его атаку, с невероятной силой парируя удар массивной лапы. Оглушительный лязг стали о кость заставил меня отступить к постаменту с сияющим фолиантом. Я лихорадочно соображала, как помочь Каэдену. Страх сковывал, но я знала, что не могу позволить ему сражаться в одиночку.

Я закрыла глаза и сосредоточилась на своей Искре и на знаниях, которые только что получила из фолианта. Я видела описание «Лучей Рассвета» – концентрированных потоков световой энергии, способных уничтожать порождения Тени. «Каэден, берегись! Сзади!» – крикнула я, когда гибкий хвост чудовища отбросил его к стене. Каэден глухо охнул, но тут же вскочил, его лицо было полно яростной решимости.

Я вытянула руки, представляя, как вся моя сила собирается в один всесокрушающий луч. «Свет! Помоги нам!» – беззвучно взмолилась я.

Луч, яркий, как солнце, с ревом вырвался из моих рук и ударил в бок теневого чудовища. Раздался нечеловеческий визг, от места попадания повалил черный, зловонный дым. Монстр отшатнулся, его красные глаза с ненавистью уставились на меня. «Неплохо, Элара! – крикнул Каэден, атакуя отвлеченного монстра. – Но он все еще на ногах!»

Чудовище, поняв, кто из нас представляет большую угрозу, бросилось прямо на меня, игнорируя Каэдена. Его клыкастая пасть была уже широко раскрыта. Я инстинктивно выпустила еще один луч, но монстр увернулся. Он был уже в нескольких шагах.

В отчаянии я бросила взгляд на фолиант. Его страницы сами собой переворачивались, словно пытаясь показать мне что-то. И я увидела. Символ – переплетение сияющих лучей и кругов. «Щит Света...» – беззвучно прошептала я.

Времени не было. Я вскинула руки, мысленно воссоздавая сложный символ. Сердце Света на моем поясе вспыхнуло с немыслимой силой. В тот миг, когда клыкастая пасть была готова сомкнуться на мне, прямо передо мной возник невидимый, но невероятно прочный золотистый барьер, в точности повторяющий форму символа. Удар монстра пришелся в самый центр. Щит задрожал, по нему пошли трещины, но он выдержал.

Монстр взревел от ярости и недоумения. «Элара, его глаза! Бей по глазам! – крикнул Каэден, прикрывая меня сбоку. – Они – его единственное уязвимое место!»

Я сконцентрировала Искру. Вспомнила уроки Повелителя о точности и контроле. Два тонких, как лезвия, луча вырвались из кончиков моих пальцев и ударили точно в две пары самых больших красных глаз. Раздался душераздирающий визг. Чудовище зашаталось, слепо метаясь по залу, круша все на своем пути.

«Сейчас, Каэден! Добивай!» – из последних сил закричала я. Он с яростным рыком бросился вперед и одним точным выпадом пронзил то место на груди монстра, где должно было биться его темное сердце.

Чудовище замерло, а затем начало распадаться, превращаясь не в пепел, а в клубы серой, едкой дымки, которая быстро рассеялась. Тишина. Мертвая, оглушающая.

Мы стояли посреди разрушенного зала, тяжело дыша. «Мы... мы сделали это...» – выдохнула я, ноги подкашивались. Каэден подошел и осторожно поддержал меня. «Ты. Ты сделала это, Элара, – сказал он, и в его голосе было благоговейное восхищение. – Этот Щит Света... твои лучи... Я никогда не видел ничего подобного».

Я посмотрела на свои руки. По ним текла новая, неведомая сила – не только моя Искра, но и древняя энергия этого священного места. Внезапно сияющий фолиант вспыхнул особенно ярко, и одна из его страниц сама собой перевернулась. На ней медленно проступил новый символ: обоюдоострый меч, обвитый светящейся виноградной лозой. А под ним – несколько рун, которые я не могла прочесть.

«Что это?» – с удивлением спросил Каэден. «Не знаю, – растерянно ответила я. – Но похоже, наши приключения здесь не закончены». И тут мы оба услышали леденящий душу звук. Далекий, но безошибочно узнаваемый. Звук боевого рога Ноктурна.

Глава 35. Путь Древних Хранителей

Пронзительный звук боевого рога Ноктюрна ворвался в хрупкую тишину. Безжалостная охота началась. Мы снова были дичью. «Они уже здесь, Элара! Проклятье! – прорычал Каэден, его глаза лихорадочно метнулись к единственному выходу. – У нас остались считанные секунды!»

Но я не могла оторвать взгляда от сияющего фолианта, от изображения меча, обвитого светящейся виноградной лозой. Что-то в этом символе неодолимо притягивало меня, обещало ответ. «Этот знак... Каэден, смотри! – прошептала я. – Он очень важен. Моя Искра откликается на него». «Элара, опомнись! У нас нет времени на твои загадки! – он резко подошел ко мне. – Мы должны убираться отсюда, пока не стало слишком поздно!» «Но куда, скажи на милость? – с отчаянием посмотрела я на него. – Они будут ждать нас у подножия. Мы снова попадем в их ловушку».

Он замолчал, его лицо исказила гримаса бессилия. Он понимал мою правоту. Его взгляд упал на раскрытую страницу. «Меч... и лоза... – задумчиво пробормотал он. – Похоже на символ рода Элдория, королевских защитников древней Этерии. Легенды гласят, что их мечи были выкованы с магией Света и могли уничтожать теневых созданий. Но этот род был уничтожен... или так считалось».

«Королевские защитники... Древние Хранители...» – я смотрела на светящиеся руны под мечом. Сердце Света на моем поясе завибрировало сильнее. И я вдруг начала их понимать. Не слова, а смысл. Образы вспыхивали у меня в голове. «Каэден! О боги! – я схватила его за руку. – Эти руны... я их понимаю! Они говорят о «Тайном Пути Древних Хранителей»! Он ведет из сердца этой цитадели... к Корням Мира!»

«Корни Мира?! – он недоверчиво посмотрел на меня. – Но это же просто легенда! Место, где сошлись все потоки магии при сотворении Этерии». «Но Хранители знали! – я указала на фолиант. – Этот меч... это не просто символ. Это указатель. Он должен быть где-то здесь. Настоящий. И он откроет нам этот Путь!»

Звуки битвы снаружи становились все ближе. «Хорошо! – Каэден принял решение. – Если такой путь существует, это наш единственный шанс. Ищи этот проклятый меч! Быстрее!»

Мы бросились лихорадочно осматривать зал. Где искать мифический меч среди этих груд камней? Я инстинктивно сосредоточилась на Ссрдце Света. «Помоги мне, пожалуйста!» – беззвучно прошептала я. И оно откликнулось. Мягкий, но четкий луч света вырвался из него и указал на одну из ничем не примечательных стен. Подойдя ближе, я увидела на ее гладкой поверхности едва заметный, полустертый символ – тот самый меч, обвитый лозой.

«Каэден, скорее сюда! Я нашла!» «Это он. Указатель, – выдохнула я. – Но как его активировать?» Я коснулась символа. Ничего. Попыталась направить на него Искру. Тоже без результата. «Может быть... – Каэден внимательно осматривал символ. – Смотри, лоза обвивает клинок. Может, это механизм?» Он осторожно нажал на ту часть, где была изображена рукоять меча.

Раздался тихий щелчок, а затем глухой скрежет. Огромная каменная плита в стене медленно отъехала в сторону, открывая темный вертикальный проход, уходящий вниз. «Невероятно...» – выдохнул Каэден.

Но радоваться было рано. В зал с кровожадными криками уже врывались воины Ноктурна. А за ними я увидела искаженное злобой лицо Магистра Иллирия. «Они здесь! Держите их! Не дайте уйти!» – взревел он. «Быстрее, Элара! – Каэден подтолкнул меня к проходу. – Я их задержу!» «Нет! Мы должны пойти вместе!»

«Не спорь со мной! Это приказ! Иди! Я догоню! Обещаю!» Он развернулся, чтобы встретить врагов. Я знала, что он прав, что буду ему лишь помехой. Но мысль оставить его одного была невыносима. Я шагнула в проход, но тут же обернулась. Каэден яростно сражался, но воинов было слишком много. А Иллирий уже готовил смертоносное заклинание.

«Каэден! Берегись!» – закричала я. Он на миг обернулся, его лицо было залито потом и кровью. «Беги, Элара! Найди Корни Мира! Это наш последний шанс...» Один из воинов ударил его мечом, и Каэден пошатнулся.

И тут я поняла, что должна сделать. Я вспомнила Щит Света. Я должна была дать ему время. Я резко выставила руки, формируя из света сложный символ. Яркий золотистый щит вспыхнул между Каэденом и врагами, на миг ослепив их. «Каэден, сейчас! Быстрее!» – из последних сил закричала я.

Он одним прыжком бросился в проход, в последний момент схватив меня за руку. Мы вместе шагнули во мрак, как раз в тот миг, когда мой щит с оглушительным треском разлетелся под ударом заклинания Иллирия.

Тяжелая плита с грохотом встала на место, отрезая нас от преследователей. Мы оказались в полной темноте, слыша лишь свое дыхание и гул крови в ушах. «Ты... совершенно сумасшедшая, Элара... – выдохнул Каэден. – Но... спасибо тебе. Снова». «Мы еще не выбрались, – сказала я, пытаясь унять дрожь. – Куда теперь ведет этот путь?» «Не знаю, – признался он. – Но это лучше, чем оставаться там». Он достал кремень и огниво и зажег маленький факел.

Мы были в узком вертикальном туннеле, уходящем вниз. Стены были покрыты скользким мхом. «Древние Хранители не слишком заботились о комфорте», – хрипло пробормотал Каэден. «Сейчас это не главное. Главное, чтобы этот путь вывел нас подальше от Ноктурна».

И мы, поддерживая друг друга, снова начали отчаянный спуск в темную неизвестность. А звук боевого рога Ноктурна, приглушенный толщей камня, все еще слышался позади, напоминая, что смертельная опасность не миновала.

Глава 36. В Сердце Мира

Тьма в туннеле, который, как мы надеялись, был легендарным Тайным Путем Хранителей, была абсолютной. Воздух пах чистой землей, мхом и вековой пылью. Каэден зажег факел, и его свет выхватил из мрака узкий, грубо вырубленный проход, уходящий глубоко вниз.

«Хранители не слишком заботились о комфорте», – хрипло пробормотал Каэден. «Сейчас это не главное, – твердо ответила я. – Главное, чтобы этот путь вывел нас подальше от Ноктурна».

Мы начали мучительный спуск. Ступени были крутыми и скользкими. Несколько раз я едва не оступилась, и лишь железная рука Каэдена спасала меня. Его рана явно давала о себе знать – он морщился от боли, но упрямо шел вперед.

Туннель петлял, то сужаясь, то расширяясь, превращаясь в гулкие пещеры. Сердце Света на моем поясе излучало слабое тепло, его свет смешивался со светом факела, создавая на стенах причудливые тени.

В одной из пещер дальнейший путь преграждала огромная каменная плита с вырезанным на ней сложным узором из древних символов. «Похоже, дальше нам не пройти, – с сомнением сказал Каэден. – Это какая-то магическая печать». Но я почувствовала, как моя Искра радостно откликнулась на символы. «Подожди, – тихо сказала я. – Я думаю... я знаю, что нужно делать».

Я закрыла глаза и сосредоточилась, представив, как мой свет течет по переплетающимся линиям, пробуждая их древнюю магию. Мои пальцы сами собой начали повторять сложный узор. Там, где я касалась камня, он начинал светиться золотистым светом. Когда я завершила последний элемент, плита вспыхнула и с протяжным скрежетом отъехала в сторону. «Невероятно, Элара... – выдохнул Каэден с изумлением. – Ты будто просто прочла эту печать». «Я сама не знаю, как это у меня получилось, – призналась я. – Словно кто-то вел мою руку».

Мы пошли дальше. Тайный Путь был полон подобных загадок и ловушек. Нам пришлось преодолевать пропасти по невидимым световым мостам, проходить через залы, полные коварных иллюзий. Но каждый раз моя Искра, усиленная Сердцем Света и новыми знаниями, помогала найти верное решение. А Каэден, со своей силой и опытом, обеспечивал нашу физическую безопасность.

Во время редких привалов мы разговаривали. О Повелителе, о Хранителях Света, о нашей миссии. «Я всегда чувствовал, что в нем есть какая-то червоточина, – сказал однажды Каэден, глядя на пламя костра. – Его одержимость «идеальным порядком», его жестокость... это не было похоже на силу Света. Но я был слишком молод, слишком амбициозен. Он обещал нам новый, совершенный мир. И многие поверили ему. И я... я тоже поверил». В его голосе слышалась глубокая горечь. «Но теперь ты знаешь правду», – тихо сказала я. «Да, – он поднял на меня тяжелый взгляд. – И я клянусь, я не позволю ему использовать тебя так, как он когда-то использовал нас всех».

Эти разговоры, это совместное преодоление опасностей неумолимо сближало нас. Я начинала видеть в нем не просто безжалостного Лорда Тьмы, а сложного, глубоко несчастного человека, который, как и я, был обманут и теперь, возможно, искал свой путь к искуплению.

Чем дальше мы шли, тем сильнее я ощущала приближение к чему-то важному, древнему и могущественному. Энергия в туннелях становилась все чище, все светлее. Наконец, после того, что казалось вечностью, мы вышли в огромную пещеру, залитую мягким серебристым светом. В ее центре, из кристально чистого озера, росли несколько гигантских, многогранных кристаллов, переливающихся всеми цветами радуги. От них исходила такая чистая, всепоглощающая энергия Света, что у меня перехватило дыхание.

«Корни Мира...» – беззвучно прошептала я, узнавая это мифическое место из своих видений. Но мы были здесь не одни.

У подножия самого большого кристалла стояла высокая, стройная фигура. Она была облачена в длинные, светящиеся белые одежды, расшитые золотом. Ее лицо скрывал капюшон, но я почувствовала исходящую от нее ауру абсолютного спокойствия и безграничной, первозданной силы.

Фигура медленно повернулась в нашу сторону, и капюшон откинулся назад. Передо мной стояла женщина. Невероятно старая, ее лицо было покрыто густой сетью морщин, как кора древнего дерева. Но ее глаза сияли таким же чистым, мудрым и всепрощающим светом, как и гигантские кристаллы вокруг.

«Приветствую вас, мои дети. Дитя Света и Искры. И тебя, мой заблудший, но не потерянный воин, – ее голос был тихим, но наполненным такой силой и материнской любовью, что проникал в самую душу. – Я так долго, так отчаянно ждала вас здесь».

Глава 37.

Последняя Хранительница
и Великое Предназначение

Мы замерли на пороге пещеры, залитой серебристым светом, не в силах вымолвить ни слова. Женщина, стоявшая у подножия центрального кристалла, медленно повернулась. Капюшон соскользнул, открывая лицо, испещренное такой густой сетью морщин, что оно походило на древнюю карту. Но ее глаза сияли таким же чистым, мудрым и всепрощающим светом, как и гигантские кристаллы вокруг.

«Приветствую вас, долгожданные дети. Дитя Искры. И тебя, мой заблудший, но не потерянный воин, – ее голос был тихим, но вибрировал в унисон с музыкой кристаллов. – Я так долго ждала вас здесь, у самого Источника».

Каэден напрягся, его рука легла на эфес меча. Но я не чувствовала угрозы. Наоборот, все ее существо излучало покой, мудрость и древнюю силу. Сердце Света на моем поясе вспыхнуло теплым, приветственным светом. «Кто вы?» – наконец, выдавила я. «Мое имя – Лиандра, – женщина мягко улыбнулась. – Я – последняя из Хранительниц этого святилища. Страж Корней Мира».

«Последняя из Хранительниц? – недоверчиво шагнул вперед Каэден. – Но легенды гласят, что все Хранители Света погибли в Великой Войне». «Легенды не всегда говорят всю правду, – Лиандра посмотрела на него с глубокой печалью. – Некоторые из нас уцелели. Мы ушли под землю, чтобы сберечь то немногое, что осталось от нашей магии. Чтобы дождаться... ее». Ее сияющие глаза с материнской нежностью обратились ко мне.

«Меня?» – прошептала я. «Да, Дитя Искры. Именно тебя, Элара. Древнее пророчество говорило о твоем приходе. О той, что несет в себе Животворящую Искру. О той, что сможет пробудить Сердце Древнего Леса и вернуть надежду этому миру». «Повелитель... он тоже знает об этом пророчестве, – мрачно сказал Каэден. – И он сделает все, чтобы использовать ее силу в своих целях».

«Я знаю, – печально кивнула Лиандра. – Он – ожившая тень нашего прошлого. Дитя моего народа, избравшее темный путь во имя извращенного порядка. Он не остановится ни перед чем, чтобы заполучить твою силу, Элара. И силу этого последнего оплота Света». Она обвела рукой сияющую пещеру. «Эти Корни Мира – не просто кристаллы. Это первозданный источник всей чистой магии в Этерии. Пока они живы, наш мир еще может быть исцелен. Но если Повелитель доберется сюда... он либо уничтожит их, либо извратит их силу, подчинив своей воле».

«Но как вы узнали, что мы придем?» – спросила я. «Сердце Света, которое ты несешь, позвало тебя сюда. А я услышала его зов. Так же, как я услышала и отчаянный зов твоей Искры, когда ты пробудила ее в той разрушенной башне».

Я, взволнованная, рассказала ей обо всем: о сияющем фолианте, о шокирующих видениях, о страшной правде Повелителя. Лиандра слушала внимательно, ее мудрые глаза читали мою душу, как раскрытую книгу. «Ты прошла через страшные испытания, мое дитя, – тихо сказала она. –

И самые тяжелые еще впереди. Повелитель не оставит тебя в покое. Никогда». «Что же нам делать? – с отчаянием в голосе спросил Каэден. – Нас всего лишь двое против целой армии тьмы».

«Иногда, мой отчаявшийся воин, даже двое могут изменить ход истории, если их сердца чисты, – Лиандра посмотрела на него с материнским пониманием. – Ты долго блуждал во тьме, но я вижу, что в твоей израненной душе еще остался свет. И эта отважная девочка сумела пробудить его». Каэден резко отвел взгляд, на его щеках проступил темный румянец.

«Элара, – снова обратилась ко мне Лиандра. – Твоя Искра – это не просто дар, а огромная ответственность. Ты должна понять ее истинную природу. Ее священную связь с этими Корнями Мира. Ее великое предназначение». Она подошла к самому большому кристаллу. «Это Сердце этого Святилища. Главный из Корней Мира. Прикоснись к нему, дитя. Не бойся. Позволь ему говорить с тобой».

Я колебалась, вспоминая ужасный опыт со Звездным Сердцем Морвена. «Поверь мне, – мягко сказала Лиандра. – Здесь тебе ничего не угрожает. Этот свет – твой союзник».

Я глубоко вздохнула и шагнула к кристаллу. Каэден остался у входа, но в его глазах я увидела не только тревогу, но и веру. Веру в меня. Я осторожно коснулась гладкой, теплой поверхности. Меня захлестнул поток чистого, концентрированного знания. Я поняла, как устроена магия, как переплетаются потоки Света и Тени, как Сумрачная Порча искажает этот баланс. Я снова увидела Повелителя – не только его прошлое, но и его потаенные страхи, его уязвимые слабости. И я увидела путь. Трудный, опасный, но единственно возможный. Я увидела их. Другие Сердца Света, спрятанные в разных уголках Этерии. Каждое из них было связано с одним из этих сияющих Корней Мира. И если их все найти... пробудить... объединить...

Когда я очнулась, я стояла на коленях перед кристаллом. Я больше не чувствовала ни страха, ни усталости. Я была полна неземной силы, а моя Искра сияла так ярко, как никогда раньше. Я знала, что должна делать. «Я... все видела... все поняла...» «Я знаю, дитя, – мягко улыбнулась Лиандра. – Корни Мира открыли тебе свою мудрость. И свою последнюю надежду».

«Другие Сердца Света... – прошептала я. – Их нужно найти. Пробудить». «Это твой истинный путь, Элара. Твое предназначение, – торжественно кивнула Хранительница. – И единственный способ победить Повелителя и исцелить Этерию. Но это будет невероятно опасно. Повелитель и его слуги будут охотиться за тобой по всему миру». «Мы справимся», – неожиданно для себя, с новой силой в голосе, сказала я и решительно посмотрела на Каэдена. В его глазах я увидела стальную решимость и безоговорочную веру.

«Моя дорогая Элара, у нас действительно появилась новая, еще более безумная миссия», – сказал он, и на его губах впервые за долгое время появилась искренняя, обезоруживающая улыбка. «Я не могу пойти с вами, – сказала Лиандра. – Мое место здесь. Но я дам тебе кое-что».

Она вынула из складок своей одежды небольшой камень на потертом кожаном шнурке. Он был нежно-молочно-белым и излучал приятное тепло. «Это Осколок Зари. Древний артефакт Хранителей. Он не скроет твою Искру, но поможет ее контролировать. И укажет путь к другим Сердцам Света. Носи его всегда. И пусть он оберегает тебя».

Она с материнской нежностью надела амулет мне на шею. «Спасибо вам за все, Хранительница Лиандра», – прошептала я. «Время прощаться, – печально улыбнулась Лиандра. – Этот тайный путь выведет вас далеко от Ноктурна, в Дикие Земли. Идите с миром, и пусть Свет древних Хранителей освещает ваш путь».

Мы в последний раз посмотрели на сияющие кристаллы, на мудрое лицо последней Хранительницы. А затем, с новой надеждой в сердцах и с новой, опасной миссией, мы, не оглядываясь, шагнули в манящую, но пугающую неизвестность.

Глава 38. Дикие Земли и Призраки Прошлого

Тайный проход вывел нас в ущелье, не видевшее человеческих ног много веков. Когда мы выбрались на открытое пространство, перед нами раскинулись бескрайние, нетронутые Дикие Земли.

Это была суровая, первозданная, но по-своему величественная местность. Бескрайние холмы, покрытые выгоревшей травой, сменялись скалистыми кряжами и рощами древних, узловатых деревьев. Воздух был чистым, пьянящим, наполненным терпкими запахами степных трав. Мы были свободны. Впервые за долгое время. Но эта свобода была горькой, потому что мы были одни в этом неизвестном краю, а могущественный враг шел по нашему следу.

«Куда же нам теперь, Элара?» – неуверенно спросил Каэден, его рука привычно лежала на эфесе меча. Я достала Осколок Зари. Молочно-белый камень на моей шее был теплым. Когда я взяла его в ладонь, он завибрировал, и из его сердца вырвался тонкий лучик света, четко указав на туманный северо-восток. «Похоже, он знает дорогу, – сказала я с азартом первооткрывателя. – Лиандра сказала, он приведет нас к другим Сердцам Света». «Или в новую ловушку, – мрачно заметил Каэден. – Что ж, выбора у нас немного. Идти на северо-восток, так на северо-восток».

Так началось наше долгое путешествие. Первые дни были самыми трудными. Нам приходилось скрываться, двигаться только по ночам. Еду мы добывали с огромным трудом – Каэден оказался умелым охотником, но дичи в этих краях было мало. Воду я очищала своей Искрой. Ночевали мы под открытым небом у бездымного костра.

Опасности подстерегали на каждом шагу. Однажды ночью на наш лагерь напала стая гигантских саблезубых волков. Каэден отчаянно сражался, а я отбивалась световыми ударами. Нам чудом удалось отбиться. В другой раз мы чуть не угодили в ловушку, расставленную местными разбойниками – глубокую яму с острыми кольями. Лишь нечеловеческая реакция Каэдена спасла нас.

Но были в этом путешествии и моменты покоя и красоты. Я видела невероятные закаты, слышала пение сказочных птиц. И я чувствовала, как моя Искра с каждым днем наполняется новой силой от этой дикой природы, а Сердце Света на моем поясе откликается на нее, становясь все ярче.

Осколок Зари стал нашим верным компасом, упрямо указывая на северо-восток.

Мы с Каэденом, сами того не замечая, становились настоящей командой. Он учил меня премудростям выживания. Я лечила его раны и очищала воду. Наши разговоры у ночного костра становились всё откровеннее. Я рассказала ему о своих видениях и пророчестве. Каэден тоже начал понемногу делиться прошлым. С болью я узнала, что он, последний отпрыск древнего, но обедневшего рода, рано потерял родителей и мальчишкой пошёл на службу к Повелителю, чтобы выжить. Он не пытался оправдываться, но я начинала понимать: за его маской жестокости и цинизма скрывались разочарование, незаживающая боль и тоска по другой, лучшей жизни.

«Я действительно верил ему тогда, Элара, – сказал он однажды, глядя на звезды. – Верил, что только он сможет принести порядок в этот умирающий мир. Я был так молод. Так глуп. И заплатил за эту веру слишком высокую цену». «Но теперь ты прозрел, Каэден», – тихо сказала я. «Да, Элара, – он повернулся, и в его глазах была слабая, но хрупкая надежда. – Благодаря тебе. Ты заставила меня снова поверить, что в этом мире еще остался свет».

Однажды днем, после долгого перехода, Осколок Зари завибрировал особенно сильно, а его луч стал ослепительно ярким, указывая на гряду поросших лесом гор на горизонте. «Похоже, мы приближаемся к цели», – сказала я, сердце забилось от волнения. «Или к новым неприятностям», – проворчал Каэден, но я видела, что он тоже взволнован.

К вечеру мы достигли подножия гор. Лес здесь был густым, древним, но не зловещим. От него исходила спокойная, первозданная сила. Осколок Зари привел нас к узкой тропе, которая вела вглубь леса, к темной пещере. У входа рос огромный дуб, на коре которого были вырезаны знакомые мне символы Хранителей Света. «Мы на месте», – прошептала я.

Но прежде чем мы успели сделать шаг, из чащи донесся громкий треск и знакомый, леденящий душу вой. Порченые.

Они бесшумно выходили из-за деревьев, окружая нас. Их красные глаза хищно горели в сумерках. А впереди них стояла высокая фигура в темной мантии. Магистр Иллирий. Он все-таки нашел нас.

«Какая долгожданная встреча, мои неуловимые беглецы! – его визгливый голос сочился ядом. – Вы действительно думали, что сможете скрыться? Я шел по вашему следу от самого Ноктурна. И теперь... ваша увеселительная прогулка окончена».

Он поднял руку, и Порченые, утробно рыча, двинулись на нас.

Глава 39. Ярость Преследователей и Гнев Хранителя

Яростное рычание десятков Порченых обрушилось на нас, смешиваясь со злорадным смехом Магистра Иллирия. Темные фигуры хлынули из-за деревьев, их глаза горели безумным огнем. Впереди шел Иллирий, размахивая черным, дымящимся посохом, его руки окутывали вихри темной магии. «Никуда вы не денетесь, презренные предатели! – прошипел он. – Это святилище станет вашей могилой!»

Каэден одним движением выставил меч, его лицо было как высеченная из камня маска. «За мной, Элара! Прикройся! И не дай им добраться до входа в пещеру!»

Мы отступили к подножию могучего дуба. Сердце Света на моем поясе вспыхнуло так ярко, что я испугалась, что оно вот-вот взорвется. Первая волна Порченых обрушилась на нас. Каэден встретил их вихрем сверкающей стали, его меч двигался с нечеловеческой скоростью. Но тварей было слишком много, они лезли отовсюду.

Я знала, что не могу стоять без дела. Я резко выставила руки, призывая свою Искру. Сердце Леса и Осколок Зари тут же вспыхнули, их чистая энергия слилась с моей, многократно усиливая ее. Мощные лучи золотистого света ударили по ближайшим Порченым, заставляя их с визгом отступать, их шкуры чернели, словно от раскаленного железа.

Но Иллирий с яростным криком направил на меня огромный сгусток черной магии, похожий на гигантскую теневую змею. «Не в этот раз, ведьма!» – яростно прорычала я, создавая перед собой могущественный Щит Света. Теневая змея ударилась о него и с шипением распалась.

«Ты стала сильнее, несносная девчонка! – с суеверным страхом прошипел Иллирий. – Но это тебе не поможет!» Он начал плести новое, еще более смертоносное заклинание. Тьма вокруг него сгущалась. «Каэден, его нужно остановить!» – закричала я, едва удерживая щит.

«Я пытаюсь, Элара! Но этих тварей слишком много!» – он был прав. Порченые теснили его, на его одежде появились новые кровоточащие порезы. И тут Осколок Зари на моей шее стал нестерпимо горячим. Я поняла: он может не только усиливать, но и направлять, преображать мой свет. Я вспомнила, что произошло у Сердца Темнолесья.

«Простите меня...» – беззвучно прошептала я, обращаясь к истерзанным душам, запертым в телах Порченых. Я направила свою силу не на атаку, а на всепроникающее очищение. Волна мягкого, теплого, золотистого света окутала каждого из оставшихся Порченых. Их яростный вой сменился удивленным, жалобным скулежом. Их тела начали светиться изнутри, и ненавистная тьма отступила. Одна за другой твари тихо рассыпались, превращаясь не в черный пепел, а в мириады светящихся спор. И там, где они исчезли, на мгновение вспыхивали образы лесных животных, птиц и даже плачущих человеческих лиц, наконец-то обретших покой.

Каэден и Иллирий замерли, пораженные этим божественным зрелищем. «Что... что это за дьявольская магия?!» – с трудом выдавил Иллирий, его заклинание с шипением рассеялось. Воспользовавшись его замешательством, Каэден с яростным рыком бросился на него. Их мечи скрестились.

Но Иллирий был не только могущественным магом, но и опытным фехтовальщиком. Он яростно теснил ослабевшего, израненного Каэдена. «Я не позволю тебе его убить!» – закричала я и направила свой последний, отчаянный луч на Иллирия. Но он с легкостью выставил щит из клубящейся тьмы, поглотивший мой свет. «Твои жалкие фокусы на меня больше не действуют!» – злорадно прорычал он.

Он отбросил Каэдена магическим ударом, тот беззвучно осел на землю. Иллирий медленно, с триумфальной улыбкой, пошел ко мне. «Ну вот мы и снова одни, моя упрямая Элара. И на этот раз тебе никто не поможет».

Я отступала, пока не уперлась спиной в скалу у входа в пещеру. Бежать было некуда. Моя Искра иссякла. И тут... я почувствовала это. Мощный, древний зов из глубины темной пещеры. Осколок Зари на моей шее вспыхнул таким ослепительным светом, что я на миг ослепла.

Когда я снова смогла видеть, древние руны на стволе могучего дуба у входа в пещеру тоже светились потусторонним, зеленоватым светом. И из непроглядной глубины донесся низкий, рокочущий звук, похожий на дыхание гигантского, спящего зверя. Иллирий замер, его улыбка сползла с лица. «Что это еще за фокусы, ведьма?!» – прохрипел он.

Земля дрогнула. Из темноты пещеры медленно показались два огромных, светящихся мертвенно-бледным зеленым светом глаза. И низкий, древний, неземной голос произнес: «Кто... посмел... явиться... сюда... и... тревожить... священный... покой... Хранителя... этого... древнего... Сердца?»

Глава 40. Древний Страж и Песнь Горы

Огромные, светящиеся мертвенно-бледным зеленым светом глаза древнего существа остановились на перекошенном от ужаса лице Иллирия. Низкий, рокочущий голос произнес с отчетливой угрозой: «Кто... посмел... явиться... сюда... и... тревожить... мой вековой... покой?»

Магистр отшатнулся. Он, этот самодовольный слуга Ноктурна, наконец понял, что перед ним нечто древнее, могущественное и опасное. «Хранитель?.. Древний Хранитель этого Сердца?.. – с трудом прошипел он. – Значит, легенды не лгали...» Его взгляд снова метнулся к существу, и в нем, помимо страха, вспыхнул хищный огонек. «Какая удача! Повелитель будет в восторге, когда я принесу ему не только эту девчонку, но и тебя, древнее чудовище! И то бесценное Сердце, которое ты так глупо охраняешь!»

Он, обезумев от жадности, вскинул руку, пытаясь собрать остатки своей темной энергии. Но Хранитель – а это был именно он – лишь медленно, с презрением, качнул своей огромной, покрытой камнем головой. «Какой же ты глупец, дитя тьмы».

Он не сделал ни движения. Но земля под ногами Иллирия с грохотом вздыбилась. Огромные каменные шипы с невероятной скоростью вырвались из пола, окружая Магистра плотным кольцом. Иллирий пронзительно вскрикнул, отчаянно пытаясь высвободиться, но шипы лишь сжимались все плотнее. Его темная магия была бессильна против первозданной силы земли.

Хранитель повернул свою массивную голову в нашу сторону. Его светящиеся зеленым глаза остановились на мне, затем на израненном Каэдене. «А вы, – его рокочущий голос был похож на шелест вековых лесов, – пришли сюда не разрушать. Я чувствую в тебе, дитя, – он снова посмотрел на меня, – чистый, негасимый Свет. Ту самую Животворящую Искру. И... – его взгляд упал на Осколок Зари и Сердце Леса, – ...ты несешь знаки первых Хранителей. Значит, моя сестра Лиандра, Хранительница Корней Мира, жива. И это она направила тебя сюда».

«Да... это так», – прошептала я, страх отступал, уступая место благоговейному трепету. «Она сказала, что здесь сокрыто еще одно Сердце Света. И его нужно пробудить». «Это Сердце Горы, дитя мое, – торжественно кивнул Хранитель. – Оно спит уже много веков. Я – его верный Страж. Я ждал ту единственную, ту избранную, что сможет его разбудить. Ты – та самая, о ком говорилось в пророчествах».

«Но Повелитель... он тоже знает...» – с трудом начал Каэден. «Я знаю о том ничтожном существе, что называет себя Повелителем, – властно прервал его Хранитель. – Он – лишь искаженный осколок нашего прошлого. Тень, возомнившая себя светом. Но его время на исходе». Он с брезгливостью посмотрел на барахтающегося Иллирия. Каменные шипы сжались еще сильнее. Магистр издал долгий вопль и безвольно повис в каменных тисках. «Он больше не причинит вреда, – бесстрастно сказал Страж. – Но его хозяин почувствует это. И немедленно придет сюда. У нас очень мало времени».

Он повернулся ко мне. «Сердце Горы ждет тебя. Но чтобы пробудить его, тебе понадобится не только твоя Искра и артефакты. Тебе понадобится все твое мужество, чтобы встретиться с его вековым эхом. С его безграничной болью. И с его несокрушимой надеждой». «Что я должна делать?» – спросила я, чувствуя, как во мне растет отчаянная решимость. «Иди вглубь этой пещеры, – он указал на темный проход. – Там ты найдешь спящее Сердце. Прикоснись к нему. Без страха. Позволь своей Искре говорить с ним на языке света. Но будь осторожна. Энергия Сердца Горы безгранична. Она может как наделить тебя немыслимой силой, так и уничтожить, если в твоей душе останется хоть капля сомнения».

Затем он посмотрел на Каэдена. «А ты, мой заблудший воин, слишком долго служил тени. Но я вижу, что в твоей душе еще остался огонек света. Твоя задача – защищать это дитя. Не только от врагов, но и от ее собственных сомнений». Каэден молча, с новой, незнакомой мне твердостью, кивнул.

«Идите же теперь, дети мои, – сказал Хранитель с отеческой нежностью. – И помните – отныне судьба Этерии в ваших руках». Мы с Каэденом переглянулись. Страх все еще холодил душу, но теперь он смешивался с пьянящей решимостью. У нас была миссия. Цель. Надежда.

Мы шагнули в темный проход. Сердце Леса и Осколок Зари вспыхнули ярче, освещая нам путь. «И да пребудет с вами негасимый Свет Древних...» – раздался за спиной затихающий голос Стража.

Туннель вел все глубже, в самое сердце горы. Воздух стал сухим и горячим, вибрируя от скрытой энергии. Низкий, рокочущий гул нарастал, превращаясь в могучую песнь самой земли. Наконец, мы вышли в последнюю пещеру. В ее центре было нечто невероятное.

Не сияющий кристалл. А огромное, живое, пульсирующее сердце из чистого, расплавленного камня, переливающегося всеми оттенками багрового и золотого. От него исходили обжигающие волны первозданной, несокрушимой силы. И оно пело. Древнюю, могучую песнь гор.

Это было оно. Древнее, спящее Сердце Горы. И оно, я это знала, ждало именно меня.

Глава 41. Песнь Горы и Дар Лавы

Мы стояли на пороге последней, самой сокровенной пещеры. Низкий, рокочущий гул, исходящий от ее источника, становился осязаемым, проникал в самые кости. В центре зала пульсировал огромный бесформенный камень, излучая нестерпимое первозданное тепло. Страх смешивался с благоговейным трепетом и всепоглощающим любопытством.

«Помни, Элара, что сказал Хранитель, – голос Каэдена вырвал меня из оцепенения. – Не бойся его вековой боли. Но и не обманывайся его призрачной надеждой. Ты должна быть сильной».

Я глубоко вздохнула и приблизилась к пульсирующему камню. Я осторожно коснулась его шершавой поверхности. Она была не горячей, а... живой. Теплой, бархатистой, как кожа спящего зверя. В тот же миг мир вокруг исчез, сменившись слепящим светом.

Меня захлестнул поток чистых, осязаемых ощущений. Я чувствовала, как с болью бьется израненное сердце Этерии, ее многовековую боль от ран, нанесенных Порчей, от предательства тех, кто должен был ее защищать. Но сквозь эту боль я чувствовала и ее несокрушимую, первозданную силу, спящую глубоко внутри. И ее последнюю, отчаянную надежду.

Моя Искра инстинктивно откликнулась, потянулась к могучему, страдающему Сердцу Горы, сливаясь с его энергией, становясь на одно бесконечное мгновение чем-то большим, чем я сама. Я была чистым, всеисцеляющим светом. Я была самой жизнью. Я была надеждой.

Я не знала, сколько времени прошло. Я парила в безбрежном океане силы, чувствуя, как исцеляются мои собственные раны – не только физические, но и душевные. Страх отступал, сменяясь спокойной, несокрушимой решимостью.

А потом я увидела путь. Не карту, не видение. А чистое, абсолютное знание. Знание о том, где искать следующее, последнее из древних Сердец Мира. Оно было далеко, на самом юге, в затопленных руинах некогда великого города. И я знала, что там меня ждет новое, еще более страшное испытание. И, возможно, новая надежда.

Когда я пришла в себя, я стояла на коленях перед Сердцем Горы. Оно все еще пульсировало, но его свет был другим – более спокойным, мягким, осознанным. Древнее сердце пробудилось и... узнало меня.

Каэден был рядом, на его лице было благоговейное изумление. «Элара... – прошептал он, – ты... ты вся сияешь. Как настоящее солнце». Я с удивлением посмотрела на свои руки. Они излучали слабое золотистое сияние. Я чувствовала себя... другой. Гораздо сильнее. «Оно... проснулось, Каэден, – сказала я, мой голос звучал уверенно. – И оно указало мне путь. К последнему Сердцу Света».

Я рассказала ему о затопленном городе. «Легендарный Аквалон, – задумчиво пробормотал он. – Очень опасное место. Древние предания гласят, что его руины охраняют морские чудовища и призраки погибших жителей». «Но мы должны пойти туда, Каэден, – твердо сказала я. – Это наш единственный шанс». Он посмотрел на меня долгим, изучающим взглядом. «Ты невероятно изменилась, Элара.

Ты больше не та испуганная девчонка из Крайдола». «Я все еще боюсь, – честно призналась я. – Но теперь у меня есть не только страх. Теперь у меня есть надежда. И великая цель».

Он торжественно кивнул. «Значит, наш путь лежит на юг. В этот проклятый Аквалон». Внезапно пробужденное Сердце Горы вспыхнуло ослепительно ярко. От его вершины отделился небольшой, круглый, гладкий камень, размером с голубиное яйцо. Он был цвета расплавленного золота и застывшей лавы. И он медленно опустился прямо мне в ладонь. «Что это?» – с любопытством спросил Каэден. «Не знаю, – растерянно ответила я, чувствуя, как от камня исходит могучая энергия. – Это его дар». Я сжала камень, и по телу разлилась новая, невероятная волна тепла, силы и уверенности.

«Наши приключения становятся все интереснее», – криво усмехнулся Каэден, и в его усмешке был мальчишеский азарт. Но прежде чем мы успели обсудить эту находку, из туннеля снова донесся ненавистный, леденящий душу звук. Боевой рог Ноктурна. Гораздо ближе. Гораздо громче. Гораздо угрожающее.

«Нас нашли! – Каэден мгновенно выхватил меч. – И они, будь уверена, пришли не одни!» Я тоже это почувствовала. Приближение не только воинов, но и... чего-то гораздо более темного. Могущественного. Смертоносного.

Повелитель. Он сам пришел за нами.

Глава 42. Выбор Дитя Искры

Пронзительный звук боевого рога Ноктурна разорвал тишину. Его зловещий клич эхом отразился от сияющих кристаллов, неся уверенность в неминуемой беде. Мы с Каэденом замерли, глядя на темный проход, из которого рвались наши преследователи.

«Он все-таки здесь, проклятье! – голос Каэдена был напряжен, как тетива. – Сам Повелитель. Он почувствовал этот всплеск силы». Из мрака туннеля появились воины Ноктурна, их мечи были обнажены. За ними – Магистр Иллирий, его лицо искажала злоба, и Морвен, на его бледных губах играла загадочная улыбка. А затем, словно воплощение самой тьмы, шагнул Он.

Сам Повелитель Ноктурна. Он легко вошел в сияющую пещеру, и свет древних Корней Мира померк перед его величием. Его глаза лениво обвели святилище, затем остановились на мне, на Каэдене, и, наконец, на пульсирующем камне от Сердца Горы в моей руке. «Какое впечатляющее зрелище, моя дорогая Элара, – его бархатный голос наполнил зал. – Ты превзошла все мои ожидания. Я всегда знал, что в твоей Искре скрыт безграничный потенциал».

«Оставьте ее в покое! – Каэден с яростью шагнул вперед, его меч был вызывающе направлен на Повелителя. – Она вам не игрушка!» «Ах, мой верный Лорд Каэден. Всегда такой безнадежно благородный, – Повелитель брезгливо усмехнулся. – Ты действительно думал, что сможешь укрыть ее от меня?» Он перевел тяжелый взгляд на меня. «А ты, мое милое дитя, все еще веришь, что эта сила принадлежит тебе одной?»

«Эта сила – для исцеления, а не для порабощения!» – с новой, незнакомой мне самой уверенностью крикнула я. Осколок Зари и Сердце Леса на моем поясе тут же вспыхнули в ответ. «Исцеление... разрушение... – со скукой протянул Повелитель. – Какие детские понятия. В этом мире, Элара, есть только воля. И сила, чтобы ее исполнить. И сейчас моя воля требует, чтобы ты и этот твой интересный артефакт немедленно вернулись со мной в Ноктурн».

«Этого не будет никогда!» – с яростным рыком Каэден бросился на Повелителя. Но тот даже не пошевелился. Лишь лениво поднял руку, и Каэдена отбросило назад невидимой силой. Он с глухим стуком ударился о стену и сполз на пол, теряя сознание. «Каэден!» – в отчаянии закричала я.

«Не волнуйся. Он просто немного поспит, – Повелитель медленно пошел ко мне. А мы поговорим. О твоем многообещающем будущем». Я отступила, выставив перед собой руки, готовая выпустить поток света. «Не подходите!» «Ты действительно думаешь, что твой хрупкий свет может остановить меня?» – он с жалостью усмехнулся.

Он небрежно взмахнул рукой, и из теней вырвались извивающиеся темные щупальца, устремляясь ко мне. Я из последних сил выпустила свою Искру, усиленную тремя артефактами. Ослепительные лучи света ударили по щупальцам, заставляя их с шипением отступать. Но их было слишком много. Сила Повелителя была безгранична.

«Ты сражаешься хорошо, моя дорогая, – его голос был обманчиво спокоен. – Но ты не понимаешь главного. Твой свет так легко поглотить, исказить, обратить во зло». Его темная магия начала давить на меня, проникая в разум, сея ядовитые семена сомнений. Я снова увидела ужасные образы: Этерия, поглощенная Порчей, Каэден, страдающий в темницах Ноктурна. «Нет... прекратите...» – прошептала я.

«Да, дитя. Это будущее, которое вас ждет, если ты не подчинишься, – его голос стал сладким шепотом искусителя. – Но если ты будешь со мной... мы спасем этот мир. Вместе. Свет и Тень. Мы создадим идеальный, гармоничный мир. Мой мир».

Он протянул мне свою бледную, изящную руку. «Присоединяйся ко мне, Элара. Стань моей Королевой Тьмы. И вместе мы будем править вечно». Его обещания были дьявольски соблазнительны. На мгновение я поддалась искушению. Но потом я посмотрела на теплый, живой камень в своей руке – дар Сердца Горы. Вспомнила видения древних Хранителей, их самоотверженную борьбу. Вспомнила печальные глаза Лиандры. И вспомнила Каэдена. Его отчаянную готовность рискнуть всем, чтобы спасти меня.

«Нет, – сказала я, и мой голос прозвучал на удивление твердо. – Мой свет никогда не будет служить твоей тьме». На его прекрасном лице отразилось удивление, а затем – оно сменилось выражением ледяной ярости. «Какая жалость, дитя. Я давал тебе шанс. Но ты сама выбрала путь страданий и гибели».

Он поднял обе руки, и тьма в пещере сгустилась, превращаясь в огромный, ревущий черный вихрь, который устремился на меня. Я знала, что это конец. Что моей силы не хватит. Но я не собиралась сдаваться.

Я высоко подняла камень от Сердца Горы. Собрала последние остатки своей Искры, всю свою волю, всю свою надежду. Я пыталась не атаковать. Я пыталась защитить. Сохранить тот хрупкий свет, что жил во мне.

И камень в моей руке вспыхнул так ярко, так ослепительно, будто само солнце вошло в эту пещеру. Всепроникающий золотистый свет ударил по наступающей тьме. Раздался оглушительный грохот, словно в этом самом месте сшиблись в последней битве два непримиримых мира.

Я почувствовала, как меня отбрасывает назад, как я лечу в бездонную пустоту. А потом... все поглотила тишина. И тьма. Но это была не враждебная тьма Ноктюрна, не ядовитая тьма Порчи. Это была другая тьма. Мягкая, теплая, убаюкивающая. Словно я, после всех мучительных скитаний, наконец-то... вернулась домой.

Глава 43. Между Мирами

Тьма, в которую я погрузилась, была не похожа ни на что. Она не была ледяной пустотой Ноктурна. Эта была другой. Мягкой, теплой, бархатной. Она нежно обволакивала меня, словно я, измученный ребенок, погрузилась в глубокий, целительный сон. Не было ни боли, ни страха. Лишь бесконечный, божественный покой.

Сколько я провела в этом состоянии – мгновение или вечность – я не знала. Но постепенно из тишины начали проступать первые ощущения. Легкое покалывание на коже, словно от прикосновения теплых солнечных искорок. Тихий, неземной шепот, похожий на шелест листвы. И... свет. Мягкий, рассеянный, жемчужный.

Я с огромным усилием открыла глаза. Я лежала на чем-то невероятно мягком, похожем на изумрудный мох, под сенью огромного дерева, нежно светящегося изнутри. Его ветви были сплетены из самого лунного света и уходили ввысь, теряясь в клубящемся, переливающемся всеми цветами радуги тумане. Воздух был теплым, наполненным пьянящим ароматом незнакомых цветов.

Где я? Я осторожно села. Тело было легким, невесомым. Мои руки тоже слабо светились золотистым сиянием. И мои артефакты... Сердце Леса, Осколок Зари и камень от Сердца Горы мягко, ритмично пульсировали ровным светом. Они были в полной, божественной гармонии.

Я была не в разрушенном святилище. Я была… где-то в другом месте. В другом мире? Я встала. В глубине радужного тумана мерещились призрачные очертания: уходящие в бесконечность горы, сияющие кристаллы, города, сотканные из света. «Каэден?» – позвала я. Тишина. «Повелитель?» Снова тишина.

Я была одна. Паника начала подступать, но я заставила себя успокоиться. Вспомнила слова Каэдена: «Контроль. Это твой единственный щит». Я сосредоточилась на своей Искре. Она была здесь. И она была другой. Сильнее, чище, осознаннее.

Что произошло в святилище после моего отчаянного всплеска света? Неужели я сама перенесла себя сюда? Или это сделал камень от Сердца Горы? Я с надеждой посмотрела на него. И почувствовала ответ. Это место было его сердцем. Местом, откуда все Сердца черпали свою силу.

И тут я снова услышала шепот. Он рождался где-то глубоко внутри меня. «Дитя Света и Искры… Ты пришла… Мы так долго ждали тебя…» Голос был древним, как сама Этерия, и мудрым, как звезды. В нем не было угрозы, лишь бесконечное ожидание и печаль. «Кто ты?» – прошептала я. «Я – вечная Память этого мира. Его неиссякаемый Источник. То, что было задолго до Тени. И то, что останется после нее… если ты исполнишь свое предназначение…»

«Пробудить другие Сердца Света?» «Да… и нет… – шептал голос. – Сердца – лишь ключи. Осколки первозданной силы. Ты должна не просто найти их. Ты должна соединить их снова. Восстановить священное единство. Исцелить не только землю, но и саму ткань этого мира…» «Но как? Повелитель… он такой сильный…» «Тьма сильна лишь там, где нет света, – голос стал строже. – Тот, кого ты называешь Повелителем, – лишь искаженный осколок того, кем он мог бы стать. Он до смерти боится твоего света. Боится, что ты можешь пробудить не только этот мир, но и... его давно умершую душу...»

Неужели в этом чудовище еще осталась капля света? «Ищи... дитя... – шепот становился все тише. – Ищи тех, кто еще помнит истинную историю. Ищи священные знаки. Путь твой будет труден... но ты будешь не одна... Осколок Зари укажет направление... а камень от Сердца Горы даст силу...»

Голос затих. Я осталась одна, но я больше не чувствовала себя потерянной. У меня были ответы. И новая, еще более сложная, но великая задача. Соединить все Сердца. Исцелить этот мир. И, возможно... спасти душу самого Повелителя.

Но как мне вернуться? Я с верой посмотрела на камень в своей руке. Он вспыхнул, и я почувствовала новую волну силы. Светящееся дерево над моей головой начало меняться. Его ветви сплелись, образуя высокую арку. А в центре радужный туман рассеялся, и я увидела темный, но манящий проход. Мой путь назад.

Я глубоко вздохнула. Я не знала, что ждет меня там, по ту сторону. Но я знала, что должна идти. «Я обязательно вернусь сюда», – беззвучно прошептала я, хотя не была уверена, возможно ли это. И, крепко сжав в руке дар Сердца Горы, я решительно шагнула в темный, манящий проход.

Глава 44. Эхо Во Тьме
и Луч Надежды

Я очнулась на холодном каменном полу той самой пещеры, где еще недавно пульсировало Сердце Горы. Теперь она была пугающе другой. Могучий камень все еще излучал остаточное тепло, но его яркое сияние и могучий гул исчезли. Он словно отдал всю свою энергию... мне?

Вокруг было неестественно тихо. «Каэден?» – беззвучно прошептала я. Ответа не было. Лишь гулкое эхо моего отчаянного шепота.

Я с трудом села. Голова кружилась. Я инстинктивно посмотрела на свои руки. Привычного золотистого сияния больше не было. Но мои артефакты – Сердце Леса, Осколок Зари и камень от Сердца Горы, который я все еще сжимала в кулаке, – были со мной. Они слабо пульсировали в унисон с моим испуганным сердцем.

Я была одна. В этой пустой, холодной пещере. Что произошло после того, как я направила свою Искру на Повелителя? Где Каэден? Что с ним?

Шатаясь от слабости, я поднялась. В пещере были лишь следы недавней битвы – оплавленные камни, сломанные мечи, запах гари. Сколько времени прошло? Час? День? Я потеряла счет. «Каэден! Где ты?!» – позвала я, но голос лишь жалобно отразился от стен.

Я вышла в огромный зал, где нас встретил Древний Страж. Обезвреженный Иллирий исчез. Сам Страж тоже. Лишь несколько каменных шипов торчали из пола, как грозное напоминание. Паника снова начала подступать. Неужели Каэдена схватили?

Я заставила себя успокоиться. Вспомнила тихий, мудрый голос: «Ты не одна... Осколок Зари укажет путь...» Я судорожно достала Осколок Зари. Он был теплым, горячим. Я зажмурилась и, собрав остатки Искры, мысленно позвала Каэдена.

Сначала – тишина. Гнетущая, невыносимая. Но потом... я почувствовала слабый, призрачный отклик. Не здесь. Где-то очень далеко. Снаружи этой горы. Я открыла глаза. Тонкий золотистый лучик света из сердца Осколка теперь указывал не на выход, через который мы вошли, а на другой, едва заметный проход – тот самый тайный путь, который указала нам Лиандра. Неужели Каэден, не найдя меня, решил, что я погибла, и ушел этим путем? И он ждет меня там, на свободе?

Эта безумная мысль вспыхнула с новой силой, даруя надежду. Я двинулась к спасительному проходу. Путь показался недолгим – отчаянная надежда гнала меня вперед. Я вырвалась из душного туннеля... и оказалась на том самом каменном уступе над бездонным ущельем. Но Каэдена здесь не было.

Я в отчаянии огляделась. Никого. Лишь ветер завывал среди скал. Куда он мог пойти? Я снова посмотрела на Осколок Зари. Его луч теперь упрямо указывал вниз, по той самой опасной тропе, по которой мы с таким трудом спускались. Неужели он решил вернуться назад? Зачем?

Сомнения терзали мою душу. Но я знала, что должна доверять ему. И Осколку Зари. Спуск был еще тяжелее.

Я была слаба, на грани истощения. Но мысль о Каэдене придавала сил.

Когда я, шатаясь, добралась до берега шумной горной реки, я увидела его. Он сидел на камне у воды, опустив голову на руки. Его плащ был изорван, на лице – свежие царапины. «Каэден! О, Каэден!» – с воплем я бросилась к нему.

Он медленно поднял голову, и на его измученном лице отразилось такое облегчение, что у меня больно сжалось сердце. «Элара... это ты... – он шатаясь вскочил, его глаза были полны нежности. – Ты жива! Я уже не надеялся...» Он не договорил. Просто сделал несколько шагов и крепко, отчаянно, обнял меня. Я на миг замерла, а потом тоже обняла его в ответ, уткнувшись лицом в его плечо.

«Я думал, я навсегда потерял тебя, – прошептал он. – Когда произошел тот взрыв... ты просто исчезла. Повелитель был в безумной ярости! Он приказал обыскать каждый камень, но тебя нигде не было». «Я сама не знаю, где была, – так же тихо призналась я. – Какое-то странное, светлое место. И там... был древний, мудрый голос... Он говорил со мной. О Сердцах. О моем предназначении».

Мы отстранились, но он все еще крепко держал меня за плечи. «Ты изменилась, Элара, – сказал он с удивлением. – Твои глаза... светятся иначе. Глубже. Мудрее». Я рассказала ему обо всем, что узнала в том таинственном месте. О моей новой, еще более сложной миссии – не просто пробудить, а соединить все Сердца Света.

«Значит, Лиандра была права, – глухо сказал он. – И пророчество... оно реально». Он с досадой провел рукой по волосам. «Повелитель тоже что-то почувствовал. После твоего исчезновения он стал еще более одержим идеей найти тебя. Он верит, что ты – ключ к его могуществу. И уже разослал своих лучших ищеек по всей Этерии».

«Мы должны спешить, – сказала я. – К Затопленному Городу. К Аквалону». «Да, – решительно кивнул Каэден. – Но сначала нам нужно выбраться из этих гор. И найти безопасное место. Иллирий и его воины все еще где-то поблизости». Он с тревогой посмотрел на реку. «Похоже, нам снова придется положиться на милость этой воды, чтобы скрыть следы».

Он снова взял меня за руку. «Ну что, Дитя Света и Искры, ты готова к новым приключениям?» Я посмотрела на его уставшее, но такое родное лицо. И впервые за долгое время искренне улыбнулась. «С тобой, мой заблудший, но верный воин, – хоть на край этого умирающего мира. Хоть в самое сердце тьмы». Он усмехнулся в ответ, и в его глазах мелькнул озорной, мальчишеский огонек. «Тогда вперед, моя отважная Элара. Нас ждут великие дела».

И мы снова, уже вместе, с новой, еще более сильной надеждой в сердцах и с общей, священной целью, шагнули в манящую, но пугающую неизвестность. А Осколок Зари на моей шее, словно одобряя наше решение, ярко вспыхнул и уверенно указал нам путь на далекий, мифический юг, к затопленным тайнам легендарного Аквалона.

Глава 45. В Диких Землях

Дикие Земли встретили нас суровым, первобытным, но пьянящим безмолвием. Мы шли на юг, ведомые свечением Осколка Зари. Высокие горы остались позади, уступив место бескрайним холмистым равнинам. Небо здесь было огромным, высоким, бездонным. И я впервые за долгое время почувствовала настоящий простор. Пьянящую свободу. Пусть и омраченную мыслью о неминуемой погоне.

Каэден оказался незаменимым спутником. Его знания о выживании в дикой природе, отточенные годами службы, не раз спасали нас от голода и опасностей. Он умел читать следы, знал, какие коренья и травы можно есть. Он мог из ничего развести бездымный костер или построить надежное укрытие.

Я же старалась быть ему полезной спутницей. Моя Искра, усиленная артефактами, помогала очищать воду и лечить наши многочисленные раны и царапины. Иногда я даже осмеливалась использовать ее, чтобы отогнать назойливых насекомых или помочь растениям вокруг нашего лагеря расти быстрее.

Осколок Зари стал нашим верным компасом, упрямо указывая на северо-восток, где, по моим видениям, должен был находиться затопленный Аквалон. Иногда он вибрировал, предупреждая о близкой опасности – будь то стая волков или патруль воинов Ноктюрна.

Несколько раз нам приходилось в панике менять маршрут, сутками скрываясь в ущельях и чащах. Эти моменты, полные смертельного напряжения, еще крепче сближали нас. Мы научились понимать друг друга без слов, доверять инстинктам.

Долгие ночи у костра под бездонным звездным небом стали временем не только отдыха, но и откровенных разговоров. Я начала открываться ему, делиться своими страхами. Он, к моему удивлению, всегда внимательно слушал, никогда не осуждая. В его редких словах поддержки я находила больше утешения, чем во всех сияющих артефактах.

По мере продвижения на юг степной ландшафт сменился густыми лесами, а затем – топкими, зловонными болотами. Здесь было больше дичи, но и опасностей тоже. Однажды я оступилась и начала тонуть в вязкой трясине. Камень от Сердца Горы в моей руке внезапно стал горячим, и земля вокруг меня на миг окаменела, образовав твердую тропинку, по которой я смогла выбраться. «У тебя теперь есть свой карманный землемер, – криво усмехнулся Каэден. – Очень полезная вещь».

Однажды вечером, когда мы уже отчаялись найти сухой ночлег, Осколок Зари привел нас к затерянному в топи островку, на котором стояла маленькая, покосившаяся, но обитаемая бревенчатая хижина. «Кто здесь может жить?» – прошептала я. «Кто угодно, – так же тихо ответил Каэден, его рука сжимала эфес меча. – Отшельники. Беглые каторжники. Или кто-то похуже».

Мы осторожно подошли. Дверь была приоткрыта. Изнутри доносился тихий, монотонный, скрипучий голос, напевавший заунывную мелодию. Каэден бесшумно подкрался к двери и заглянул внутрь. Через мгновение он выпрямился, на его лице было выражение неподдельного удивления. «Элара, иди сюда. Ты должна это увидеть».

Я тоже заглянула. В крошечной, тускло освещенной комнате у очага сидела немыслимо старая, высохшая старуха. Ее лицо походило на кору древнего дерева. Она качалась взад-вперед, перебирая в костлявых пальцах сушеные травы. Но не она поразила меня. На земляном полу лежала огромная, пожелтевшая карта Этерии. И на ней яркими, кровавыми угольками были отмечены несколько точек. Одна – здесь, в сердце болот. Другая – далеко на юге, у моря, там, где должен был находиться Аквалон. А третья точка, самая зловещая, была отмечена в самом сердце ненавистного Ноктурна.

Старуха, почувствовав наш взгляд, перестала петь и медленно подняла голову. Ее глаза, на удивление молодые и ясные, на миг задержались на Каэдене, а затем остановились на мне. И в их глубине я увидела не только вековую мудрость, но и хитрую, лукавую искорку. «Ну, наконец-то вы пришли, мои долгожданные дети, – сказала она, и ее скрипучий голос был полон странной, всезнающей силы и необъяснимого тепла. – А я уж, грешным делом, совсем заждалась вас здесь».

Глава 46. Пророчества Старой Мойры

Слова древней старухи – «Я уж заждалась вас здесь» – повисли в спертом воздухе убогой хижины. Каэден напрягся, но я остановила его легким прикосновением. В этой женщине, несмотря на ее пугающий вид, не было угрозы. От нее исходила древняя, первобытная мудрость и вселенская печаль.

«Кто вы, госпожа? – спросила я. – И откуда знаете о нас?» Старуха издала дребезжащий смешок. «Имена – лишь пустой ветер. А я та, кто слушает шепот болот и песни камней. Люди зовут меня Мойра. А вы, – ее выцветшие, но пронзительные глаза обратились ко мне, – вы те, о ком так долго поет мне ветер перемен. Те, кто должен изменить судьбу этого мира». Она кивнула на старую карту у своих ног. «Этот путь начертан не моей рукой. Но я умею читать его знаки».

«Эта карта... – Каэден шагнул вперед. – Откуда она у вас? И что означают эти знаки?» «Она сама нашла меня много веков назад, – лукаво прищурилась Мойра. – Многие ищут пути к спящим Сердцам Мира. Но лишь те, кто несет в душе не только Искру Света, но и безграничное отчаяние, в конце концов, находят их. Или тех, кто может на них указать».

«Вы знаете об Аквалоне? О Затопленном Городе?» – с замиранием сердца спросила я, указывая на отметку у моря. «О, да, дитя мое, – вздохнула Мойра, ее взгляд затуманился. – Место неземной красоты. И невыносимой скорби. Могущественное Сердце Воды спит там, в холодных глубинах. Его пробуждение будет для тебя невозможным испытанием. Потому что вода помнит все – и радость, и боль».

«А эта третья точка... – Каэден указал на отметку в центре Ноктурна. – Что это?» На лице Мойры отразилась тень. «Это, дети мои, Сердце самой Тени. Главный источник силы вашего Повелителя. Искаженный, отравленный, но немыслимо могущественный. Легенды гласят, что когда-то и он был Сердцем Света. Но его отравил яд предательства и жажды власти».

«Вы можете нам помочь? – с отчаянной надеждой спросила я. – Указать путь к Аквалону?» «Помощь всегда имеет свою цену, – хитро усмехнулась Мойра. – Мои старые кости болят от сырости. А запасы на исходе». «Что вы хотите?» – нахмурился Каэден.

«Немного живого тепла от твоего огня. И немного света от твоей Искры, мое дитя, чтобы отогнать голодные тени. А еще... расскажите мне свои истории. Старая Мойра обожает слушать о далеких приключениях и переменах».

Это была странная плата. Каэден развел огонь, и хижина наполнилась уютом. Я позволила своей Искре наполнить комнату мягким золотистым сиянием. Старая Мойра счастливо вздохнула.

И мы начали свой долгий рассказ. О плене, о Повелителе, о Темнолесье, о Корнях Мира, о Лиандре, о нашем побеге и новой миссии. Мойра слушала внимательно, не перебивая, лишь изредка кивая или задавая короткий, пророческий вопрос.

Когда мы закончили, она надолго замолчала. «Да, дети мои... ваш путь будет долог и немыслимо опасен, – сказала она печально. – Повелитель не остановится ни перед чем. А древние Сердца – это не только источники силы, но и маяки, которые могут привлечь не только свет, но и тьму». Она поднялась и протянула мне несколько сухих веточек с крошечными, похожими на серебристые звездочки, цветами. «Это Лунная Слеза, – таинственно сказала она. – Редкая, волшебная трава. Она поможет тебе чувствовать потоки магии и защитит твой разум от дурных снов и иллюзий. Заваривай ее на ночь. И помни, дитя, – не все то тьма, что кажется черным, и не все то свет, что слепит глаза».

Затем она повернулась к Каэдену. Из-за пояса она достала небольшой камень темного, почти черного цвета, с одной-единственной, слепящей белой прожилкой, похожей на застывшую молнию. «Это Камень Грома, дитя тени. Он не обладает магией света, но способен поглощать и отражать любую темную энергию. И он... – ее голос стал тише, – ...всегда будет помогать тебе помнить, кто ты есть, даже когда тени твоего прошлого снова попытаются завладеть твоей душой». Каэден с благоговейным трепетом взял камень.

«Путь к Аквалону лежит через Туманные Болота и Скалы коварных Сирен, – продолжала Мойра, указывая на карту. – Это гиблые места. Болота полны древних тварей. А у скал не слушайте сладкие, но смертельные песни Сирен. Если пройдете все испытания, вы выйдете к морю. Там ищите старого рыбака по имени Старый Финн. У него шрам через все лицо и глаза цвета штормового моря. Скажите, что вас послала Мойра. Возможно, он поможет».

«А теперь идите, – сказала она. – У вас мало времени. И помните – судьба Этерии теперь зависит не только от силы вашей магии, но и от силы ваших сердец. И от выбора, который вы оба сделаете».

Мы горячо поблагодарили ее и вышли. Ночь была тихой. Холодный лунный свет серебрил воду, мириады звезд светили особенно ярко. «Ты веришь ей?» – тихо спросила я. Каэден повертел в руке Камень Грома. «Не знаю. Но она дала нам направление. И предупреждение. А это уже немало».

Я невольно улыбнулась. Несмотря на все опасности, у нас была ясная цель, был путь. И мы были больше не одни. Осколок Зари на моей шее, словно подтверждая мои мысли, снова указал своим лучиком на далекий северо-восток, но теперь его свет был гораздо увереннее.

Глава 47. Песнь Сирен и Соленый Ветер Свободы

Мы покинули хижину старой Мойры на рассвете. Путь, который она указала, вел прямо через сердце зловещих, нехоженых Туманных Болот. Это место полностью оправдывало свое название. Плотный, вязкий туман сокращал видимость до нескольких шагов. Он был ледяным и пах тиной и чем-то неуловимо сладковатым, тошнотворным. Под ногами с отвратительным звуком чавкала черная жижа, готовая в любой момент засосать неосторожного путника. Каэден шел первым, осторожно прощупывая дорогу длинной палкой. Я молча следовала за ним, стараясь ступать точно в его следы.

Лунная Слеза, трава, которую дала мне Мойра, оказалась настоящим спасением. Я заварила ее в своей фляге. Горький настой обжег горло, но мой разум прояснился. Удушающий туман перестал быть таким враждебным. Я стала отчетливее видеть скрытые топи и острые корни болотных растений.

Но болота были опасны не только этим. Несколько раз мы слышали шорохи в камышах, видели темные тени, скользящие по воде. Однажды из-под ног Каэдена с шипением выскочила огромная иссиня-черная змея. Он молниеносным ударом отрубил ей голову прежде, чем она успела его укусить. Черный яд с шипением прожигал траву.

Камень Грома, который Мойра дала Каэдену, тоже нашел свое применение. Когда мы проходили мимо особенно зловонного участка, где ядовитые испарения вызывали головокружение, камень начинал вибрировать и теплеть. Дышать сразу становилось легче, а гнилостный запах исчезал.

Мы шли целый день, практически без остановок. Лишь к вечеру туман начал редеть, и мы услышали новый, желанный звук – далекий, могучий рокот моря. А затем – пронзительные крики чаек.

Унылые болота сменились полосой каменистого пляжа, а затем – высокими, отвесными скалами, о которые с яростью бились свинцово-серые волны. Это были зловещие Скалы Сирен, о которых предупреждала Мойра. И тут мы услышали их.

Их неземное, божественное, но смертельно опасное пение. Высокое, чистое, оно проникало в самую душу, обещая забвение, покой и безграничное счастье. Оно неудержимо манило. Я с ужасом почувствовала, как мои ноги сами несут меня к краю обрыва. Я уже не видела скал и бушующего моря. Я видела свой родной Крайдол. Залитый солнцем. Спокойный. Видела смеющихся детей. Видела улыбающуюся матушку Гретту. И Каэдена. Он стоял рядом, его лицо было счастливым, и он с нежностью протягивал мне руку...

«Элара! Очнись! Не смей их слушать!» Резкий, отчаянный окрик Каэдена вырвал меня из сладкого морока. Его лицо было невероятно напряженным, он из последних сил боролся с наваждением. «Сирены... – прошептала я, сердце колотилось от ужаса и острой тоски по несбыточному. «Их песни – яд для разума, – стиснул зубы Каэден. – Нужно немедленно заткнуть уши». Он с надеждой посмотрел на Камень Грома. Тот вибрировал, и чарующее пение на миг стало тише, исказилось, потеряв свою смертельную красоту. «Он... мешает им?» – спросила я. «Пытается, – Каэден сосредоточился, пытаясь направить энергию камня против гипнотического зова. – Но этого мало. Мы должны пройти этот участок как можно быстрее».

Я отпила еще немного настоя Лунной Слезы. Горечь отрезвила, но манящие голоса все еще звучали в голове, обещая все, о чем я мечтала – дом, покой и запретную любовь. Мы, взявшись за руки так крепко, что было больно, пошли вдоль края обрыва. Несколько раз я ловила себя на том, что поворачиваю голову к морю, что мои ноги замедляют шаг. Но Каэден всегда был рядом. Его сильная хватка удерживала меня от падения в пропасть сладких иллюзий. Иногда он говорил что-то – резко, грубо, – просто чтобы прервать это божественное, но смертельное пение.

Наконец, скалы начали понижаться, а пение сирен – становиться все тише, пока совсем не растворилось в шуме прибоя. Мы вышли на широкий, пустынный песчаный пляж. Мы выжили.

Я тяжело опустилась на влажный песок, дыша свежим, соленым воздухом. Каэден молча стоял рядом, его фигура четко вырисовывалась на фоне предзакатного моря. «Ну вот мы и у моря, мое отважное Дитя Искры, – сказал он хриплым голосом. – Теперь осталось найти этого твоего мифического Старого Финна. И надеяться, что он знает путь к затопленному Аквалону».

Я посмотрела на бескрайний, пугающий своей безграничностью океан. Где-то там, под его холодными волнами, меня ждало следующее Сердце Света. Внезапно Каэден напрягся. «Смотри, Элара!» Я проследила за его взглядом. Далеко на горизонте виднелся крошечный, одинокий темный парус, который с неестественной скоростью приближался к нашему берегу. Друг? Или очередной, еще более безжалостный враг?

Глава 48. «Морская Звезда» и Старый Финн

Одинокий темный парус становился все отчетливее. Это был небольшой, но быстроходный корабль. Его просмоленные черные борта хищно поблескивали в лучах заходящего солнца. Никакого флага.

«Что будем делать?» – спросила я Каэдена, сердце болезненно билось. «Прячемся, – коротко бросил он. – Вон там, за скалами. Оттуда будет видно, кто это. Если патруль Ноктурна, они будут прочесывать берег. Если мирные рыбаки... может, хоть немного повезет».

Мы укрылись в расщелине между скалами. Корабль бросил якорь в полусотне шагов от линии прибоя. На палубу высыпало с десяток суровых, обветренных мужчин, вооруженных до зубов тесаками и абордажными мечами. Они спустили лодку и направились к пляжу.

«Не очень-то они похожи на воинов Ноктурна, – пробормотал Каэден. – Слишком разношерстные». «Может, это люди Старого Финна?» – с отчаянной надеждой предположила я. «Не торопись», – прошептал он.

Лодка ткнулась носом в песок. Из нее вышли четверо. Один, гигантского роста, с густой седой бородой и черной повязкой на глазу, без сомнения, был их капитаном. «Никого нет, капитан», – разочарованно сказал один из его спутников. «Странно... – низким, рокочущим голосом проговорил одноглазый капитан. – Старая ведьма Мойра редко ошибается. Она сказала, что они будут ждать именно здесь».

Мойра! Это они! Я хотела выскочить, но Каэден крепко удержал меня. «Возможно, мы опоздали, кэп? – предположил другой моряк. – Или их сожрали местные чудища». «Возможно. Но мы должны проверить. Если Дитя Искры здесь, мы не можем ее бросить. Таков был наш уговор с последними Хранителями».

Хранители! Они были не просто рыбаками! Я с удивлением посмотрела на Каэдена. В его глазах мелькнуло благоговейное понимание. «Думаю, пора выходить», – твердо сказала я.

Мы медленно вышли из укрытия. Моряки мгновенно выхватили оружие. «Стойте! – крикнула я, поднимая руки. – Мы не враги! Нас послала Мойра! Мы ищем Старого Фиша!»

Одноглазый капитан медленно опустил тесак. «Старая Мойра, говоришь?» – он внимательно посмотрел на меня, потом на Каэдена. Его глаз задержался на Осколке Зари и на сияющем Сердце Леса. «Ну что ж, это многое объясняет. А кто из вас двоих будет легендарным Дитя Искры?» «Это я», – как можно увереннее ответила я.

Капитан подошел ближе. Он был еще выше и внушительнее. От него пахло морем, рыбой и ромом. «А это что за мрачный тип с тобой, красавица?» – он пренебрежительно кивнул на Каэдена. «Он мой самый верный друг и защитник, – с вызовом сказала я. – И он помог мне выбраться из самого Ноктурна». «Из самого Ноктурна, говоришь? – капитан удивленно приподнял бровь. – Ну что ж, это меняет дело». Он усмехнулся, обнажив крепкие, пожелтевшие зубы. «Меня зовут Финнеган, но все зовут меня просто Финн. А знаменитый шрам через все лицо у меня действительно есть, хоть сейчас и не видно под бородой».

Это был он. «Старая Мойра сказала, что только вы можете помочь нам добраться до Аквалона», – сказала я. Старый Финн надолго замолчал, глядя на море. «Аквалон... Затопленный Город... – с тоской произнес он. – Как же давно я не слышал этого имени. Это очень опасное путешествие, девочка. Море не любит чужаков, а этот город хранит свои тайны и своих безжалостных стражей. Многие пытались его найти. Лишь немногие возвращались. А те, кто возвращался, были уже не похожи на людей».

«Но мы должны попытаться. От этого зависит судьба Этерии». Старый Финн снова посмотрел на меня с глубокой печалью. «Судьба Этерии, говоришь... Что ж, если Хранители и старая Мойра верят в тебя, кто я такой, чтобы спорить? Я когда-то дал им слово. И похоже, это время снова пришло».

Он повернулся к своим людям. «Готовьте лодку! У нас новые, очень важные пассажиры!» Моряки беспрекословно подчинились. «А ты, мрачный парень, – Финн снова обратился к Каэдену, – добро пожаловать на борт «Морской Звезды». Но если я замечу в твоих глазах хоть тень Ноктурна...» Он выразительно похлопал по рукояти своего тесака.

«Я уже давно не служу ни Ноктурну, ни его безумному Повелителю, – спокойно ответил Каэден. – Моя верность принадлежит только ей. И ее миссии». Старый Финн хмыкнул. «Посмотрим. Море всегда все расставит по своим местам».

Мы сели в лодку. Вскоре мы уже поднимались по трапу на борт их корабля, который гордо назывался «Морская

Звезда». Паруса наполнились ветром, и корабль взял курс на далекий, таинственный юг, унося нас навстречу новым приключениям и новым надеждам.

Я стояла на палубе, держась за соленые ванты. Осколок Зари на моей шее вибрировал все сильнее, его лучик уверенно указывал точно туда, куда мы плыли. Легендарный, затопленный Аквалон ждал нас.

Глава 49. «Морская Звезда» и Соленый Ветер Свободы

«Морская Звезда», наш новый ковчег, оказалась на удивление крепким и быстроходным судном. Ее большой парус жадно наполнился соленым морским ветром. Потертая палуба по-дружески скрипела под ногами. Сам воздух был пропитан бодрящим запахом моря, просмоленных снастей и чего-то неуловимого – запахом свободы, дальних странствий и нереальных приключений.

Команда Старого Финна состояла из десятка суровых, обветренных моряков. Их лица были покрыты морщинами и шрамами – немыми свидетелями бесчисленных сражений. Они были не слишком многословны, но в каждом их движении чувствовалась несокрушимая уверенность бывалых морских волков.

Первые несколько дней плавания были для меня невыносимым испытанием. Беспощадная морская болезнь скрутила так сильно, что я едва могла стоять на ногах. Каэден, к моему удивлению, переносил качку гораздо лучше. Он неотлучно находился рядом, терпеливо поил меня водой, приносил твердые ржаные сухари, которые, по словам Финна, были лучшим лекарством от морской хвори. Его молчаливая, но надежная поддержка значила для меня больше, чем любые слова.

Старый Финн оказался не только гениальным мореходом, но и неистощимым рассказчиком. Долгими вечерами, попыхивая трубкой, он рассказывал удивительные морские байки. И, конечно, много говорил о нашем таинственном Аквалоне. «Легендарный Затопленный Город... Жемчужина Юга... — начинал он своим хриплым голосом. — Когда-то это был сказочный город могущественных магов воды, художников и поэтов. Они жили в гармонии с океаном. Их башни из белого коралла поднимались прямо из лазурных волн».

«Что же с ним случилось?» — не выдержав, спросила я однажды. «Этого никто не знает точно, — тяжело вздохнул Финн. — Одни говорят, это было проклятие богов. Другие — результат чудовищной магической ошибки. А третьи шепотом передают, что это дело рук Ноктурна. Говорят, Повелитель отчаянно хотел заполучить Сердце Воды, что хранилось в главном храме Аквалона. Но гордые маги этого города предпочли затопить его вместс с собой, лишь бы священный артефакт не достался тьме».

Сердце Воды... Значит, Мойра и Хранители были правы. Оно ждало меня. «А вы бывали там, капитан?» — неожиданно спросил Каэден. «Да, парень, бывал. По молодости, по глупости, — хмыкнул Финн. — Это гиблое, проклятое место. Одни лишь руины, заросшие ядовитыми водорослями. Коварные течения. И, конечно же, его вечные стражи. Они очень не любят чужаков». «Но вы же согласились нас отвезти», — мягко напомнила я. «Да, дитя. Согласился, — снова вздохнул он. — Я дал слово последним Хранителям. И этой старой ведьме Мойре. Да и, честно говоря, мне до чертиков любопытно, что такого особенного в тебе, мое отважное Дитя Искры».

Постепенно я привыкла к морской жизни. Даже начала помогать команде — драила палубу, латала паруса, училась вязать морские узлы. Моряки, поначалу относившиеся к нам с подозрением, оттаяли. Каэден, с его силой и воинской выправкой, быстро завоевал их уважение. А я... думаю, они просто привыкли к моему странному свечению, которое иногда исходило от моих артефактов.

Однажды ночью мы попали в ураганный шторм. Гигантские волны перехлестывали через борта, ветер рвал паруса. Команда из последних сил справлялась со стихией. И тогда я, стоя на носу, собрала всю свою волю, всю Искру, всю силу моих артефактов. Я не пыталась остановить шторм – это было невозможно. Но я сумела создать вокруг нашей «Морской Звезды» невидимый, но прочный кокон из золотистого света, который смягчал удары волн.

Когда шторм утих, я была без сил, но наш корабль уцелел. Моряки смотрели на меня с благоговейным ужасом, смешанным с восхищением. А Старый Финн лишь молча кивнул, и в его глазу я впервые увидела отцовское одобрение.

Каэден тоже изменился за это время. Свежий морской воздух и тяжелая работа пошли ему на пользу. В его темных глазах все чаще появлялся забытый, озорной огонек. Наши разговоры становились все откровеннее. Я чувствовала, как между нами растет не только доверие, но и что-то большее.

Однажды тихим утром впередсмотрящий закричал: «Земля! Вижу землю прямо по курсу!» Далеко на горизонте виднелась темная полоска суши. Осколок Зари на моей шее завибрировал сильнее, его свет стал ярче, указывая прямо на эту таинственную землю. «Это они, – благоговейным шепотом произнес Старый Финн. – Легендарные острова Затопленного Аквалона. Готовьтесь. Скоро будем на месте».

Но когда мы подошли ближе, мы увидели нечто, от чего наши сердца замерли от ужаса. Вокруг островов клубился густой, неестественно черный туман. А из его глубины доносился низкий, нечеловеческий рев. «Что это, капитан?» – спросила я, чувствуя, как по спине пробегает ледяной холодок. «Не знаю, девочка, – с силой сжал кулаки Финн. – Но это не похоже на то, что я видел здесь раньше. Очень похоже, что кто-то или что-то уже давно ждет здесь именно нас. И это, боюсь, будет далеко не самая приятная встреча».

Наша «Морская Звезда» медленно приближалась к зловещему черному туману. Я чувствовала, как Сердце Леса и камень от Сердца Горы тревожно вибрируют, пытаясь предупредить нас о новой, еще более страшной опасности.

Глава 50. Сердце Воды и Его Безмолвный Страж

Черный, непроницаемый туман клубился над водой, как живое, злобное чудовище. Зловещий, утробный рев, исходивший из морских глубин, становился все громче, заставляя палубу «Морской Звезды» вибрировать. Закаленные моряки Старого Финна молчали, их лица были бледными. Даже бывалый капитан выглядел напряженным. «Никогда не видел ничего подобного, – пробормотал он. – Это не просто туман. Это что-то древнее. Очень злое».

Осколок Зари на моей шее потускнел, но камень от Сердца Горы, наоборот, стал горячим и начал настойчиво вибрировать. «Мы все равно должны идти туда, – сказала я. – Там то, что мы ищем». «Я дал слово, – ответил Старый Финн. – Но это будет смертельно опасно. Держитесь вместе».

Он отдал команду, и наша «Морская Звезда» медленно вошла в зловещий туман. Нас тут же окутала полная, осязаемая темнота. Туман был холодным, липким, с отвратительным запахом гниющей рыбы и крови. Видимость упала до нуля.

Низкий рев стал оглушительным. К нему добавились другие звуки – нечеловеческий шепот, лезущий прямо в голову, душераздирающие стоны, пронзительные крики. «Не слушайте их! – отчаянно крикнул Каэден. – Это иллюзии! Тьма пытается сломить нашу волю!»

Я чувствовала, как зловещий туман пытается проникнуть в мой разум, показать мне самые страшные видения – смеющегося Повелителя, предающего меня Каэдена, Этерию, поглощенную Порчей. Я с силой сжала кулаки, концентрируясь на свете моих артефактов.

Внезапно наш корабль сильно качнуло. Раздался оглушительный треск, и один из моряков с пронзительным криком исчез за бортом. Из тумана вынырнуло нечто немыслимое – огромное, извивающееся щупальце, покрытое скользкой черной чешуей, с мириадами пульсирующих присосок. Оно с невероятной силой обвилось вокруг несчастного моряка и утащило его в ревущую бездну.

«Кракен! Проклятый Кракен!» – взревел Старый Финн, выхватывая свой огромный тесак. Тут же со всех сторон показались другие гигантские щупальца. Они с треском били по палубе, ломая дерево, как спички. Начался отчаянный, безнадежный бой. Моряки отбивались от чудовищных отростков, их топоры с глухим стуком рубили по упругой, не поддающейся плоти. Каэден сражался рядом с Финном, его меч превратился в ослепительный вихрь стали, отсекая одно щупальце за другим.

Я знала, что должна помочь. Я выставила руки, призывая свою Искру. Сердце Леса вспыхнуло, на миг разогнав мрак. Я направила всю свою силу на извивающиеся щупальца. Мощные лучи золотистого света ударили по ним, и они с шипением начали отдергиваться. «Так держать, Элара! – крикнул Каэден. – Жги этих тварей!»

Но одно из щупалец, самое огромное, с сокрушительной силой ударило по борту. «Морская Звезда» опасно накренилась, зачерпнув воду. Послышался треск ломающегося дерева. «Мы тонем! Пробоина!» – отчаянно закричал кто-то.

«Вперед! Любой ценой! – взревел Старый Финн. – Если доберемся до руин, может, чудовище не сунется на мелководье!» Наш корабль из последних сил рванулся в непроглядную мглу. Я продолжала стрелять лучами света, пока Каэден и уцелевшие моряки отбивались от щупалец.

И вдруг... туман начал редеть. Ужасающий рев стал тише. Мы вырвались. Перед нашими глазами предстали величественные, печальные руины затопленного Аквалона.

Высокие башни из белого, похожего на коралл камня, поднимались прямо из темной воды, их вершины были разрушены временем. Полузатопленные здания образовывали причудливый лабиринт. Царила мертвая, давящая тишина. Наша искалеченная «Морская Звезда» на последнем издыхании вошла в один из широких каналов. «Мы... добрались...» – выдохнул Старый Финн, его тесак с глухим стуком выпал из ослабевшей руки. Двое из его команды были тяжело ранены, троих мы потеряли.

Я была смертельно измотана, но мы были здесь. В Аквалоне. Внезапно Осколок Зари на моей шее вспыхнул, его луч указывал на одну из самых высоких башен в центре затопленного города. А камень от Сердца Горы на моем поясе завибрировал так сильно, что я почувствовала это всем телом. «Там... – прошептала я. – Сердце Воды... оно именно там».

Но когда мы все посмотрели на башню, мы увидели его. На самой ее вершине, на фоне свинцового неба, четко вырисовывалась одинокая, высокая, темная фигура. И даже с такого расстояния я почувствовала исходящую от нее леденящую ауру знакомой, древней, могущественной магии. Это был не Иллирий. И не Повелитель.

Это был кто-то... или что-то... совершенно другое. Древний Хранитель этого места? Или его новый, еще более страшный хозяин? И он, этот таинственный незнакомец, уже очень давно, очень терпеливо, ждал здесь именно нас.

Глава 51. Город Тысячи Слез

«Морская Звезда», наш израненный ковчег, с трудом вошла в один из величественных каналов, пронизывающих сердце затопленного, призрачного города. Корабль был в ужасном состоянии: одна мачта сломана, дубовые борта иссечены ударами гигантских щупалец. Уцелевшие члены команды лихорадочно пытались залатать пробоины.

Потери были тяжелыми. Трое моряков погибли, утащенные в черную бездну. Еще двое, включая храброго Йоргена, были серьезно ранены. Я сделала все, что было в моих силах, используя последние остатки Искры, чтобы облегчить их страдания.

Старый Финн, несмотря на усталость и горечь потерь, не терял присутствия духа. «Это и есть Аквалон, дети мои, – рокочущим голосом проговорил он, указывая на печальные, полузатопленные башни из белого коралла. – Город Тысячи Слез. Легенды гласят, что здесь до сих пор можно услышать тихий плач его погибших жителей».

Я невольно прислушалась. И действительно, помимо плеска волн и криков чаек, мне почудился тихий, неземной шепот, похожий на печальные вздохи. Таинственная темная фигура на вершине центральной башни по-прежнему стояла там, неподвижная, как изваяние. Ее силуэт внушал необъяснимую тревогу.

«Боюсь, мы не сможем подойти к башне на корабле, – сказал Каэден, изучая лабиринт узких каналов и обломков. – Здесь слишком мелко и опасно. Нам нужна лодка. И лучше идти небольшой группой». «Ты прав, – согласился Финн. – Мы с ребятами останемся здесь, попытаемся подлатать «Морскую Звезду». А вы... – его взгляд с отеческой теплотой остановился на нас, – ...это только ваша работа. Найдите то, за чем пришли. И, умоляю, вернитесь живыми».

Мы спустили на воду небольшую, но крепкую шлюпку. С нами вызвался пойти Йорген, который, по словам капитана, прекрасно знал эти коварные воды. Мы медленно двинулись по извилистым каналам. Тишина была оглушительной. Вода была темной, непрозрачной, и я с ужасом пыталась представить, что скрывается в ее холодных глубинах. Величественные руины были одновременно прекрасны и ужасны в своем запустении. Мраморные арки обрушились в воду. Белоснежные колонны были увиты склизкими водорослями. На стенах еще можно было различить остатки живых фресок, изображавших сцены из мирной жизни некогда великого города. И повсюду ощущалось присутствие многовековой трагедии.

Осколок Зари на моей шее светился ровным светом, указывая путь к центральной башне. Но я чувствовала и другую, враждебную энергию, исходящую от темной воды. Эта древняя магия была невероятно печальной. Скорбящей. И, возможно, от этого еще более опасной.

«Осторожнее, – прошептал Каэден. Мы проходили под полуразрушенным мостом, с которого свисали плети хищных водорослей. – Я чувствую здесь скрытую угрозу». Внезапно Йорген испуганно вскрикнул и указал на воду. Мы увидели темные, бесформенные тени, которые с немыслимой скоростью скользили прямо под нашей шлюпкой. Их было много. Слишком много.

«Что это?!» – прошептала я. «Не обычные рыбы», – ответил Йорген, смертельно бледный. Одна из теней метнулась к борту, и лодку сильно качнуло, едва не зачерпнув воды. «Держитесь!» – крикнул Каэден, его меч уже был обнажен.

Я выставила руки, и моя Искра, откликнувшись на зов, создала вокруг лодки мерцающий световой барьер. Тени испуганно отшатнулись, но не исчезли, продолжая кружить, как стая голодных акул. «У этого города действительно есть свои, весьма негостеприимные хранители», – мрачно сказал Каэден.

Мы продолжали двигаться к башне, отбиваясь от атак. Это были мощные волны холодной, леденящей энергии, которые пытались опрокинуть лодку и проникнуть в наш разум, вызывая приступы животного страха. Но мой свет пока удерживал их.

Наконец, мы добрались до подножия гигантской центральной башни. Главный вход был завален, но Йорген нашел небольшой проход у самой воды, ведущий, судя по всему, в затопленные уровни. Загадочная фигура на вершине башни бесследно исчезла. «Что теперь?» – испуганно спросил Йорген. «Похоже, у нас нет выбора», – ответил Каэден, с заботой посмотрев на меня. «Ты готова, Элара?»

Я молча кивнула. Страх все еще холодил душу, но к нему примешивалось пьянящее любопытство и уверенность, которая исходила от Осколка Зари. Мы высадились на скользкую каменную площадку. Темный проход встретил нас могильным холодом и запахом застоявшейся воды. «Я пойду первым», – сказал Каэден, вынимая меч. «А я – за тобой», – твердо ответила я. Йорген, хоть и с неохотой, последовал за нами.

Мы шагнули в непроглядную тьму. Осколок Зари вспыхнул ярче, его луч упрямо указывал куда-то вверх, в самые неизведанные недра древней цитадели. Там, очень высоко, нас ждало спящее Сердце Воды. И, возможно, та самая таинственная фигура, что так долго наблюдала за нами.

Глава 52. Хранительница Затопленного Сердца

Темный проход в башне Аквалона встретил нас могильным холодом и удушающим запахом гнилой воды и плесени. Каэден зажег факел, и его свет выхватил из мрака крутую, полуразрушенную винтовую лестницу, уходящую в неизвестность. «Аквалонцы не слишком заботились о комфорте, – хрипло пробормотал он, проверяя первую ступеньку. – Держись ближе, Элара. Смотри под ноги». Йорген, наш юный моряк, нервно сглотнул, но крепче сжал свой тесак.

Мы начали мучительный подъем. Многие ступени обвалились, и нам приходилось карабкаться, цепляясь за выступы в склизких стенах. Вода постоянно капала сверху, а в трещинах завывал морской ветер.

Чем выше мы поднимались, тем сильнее я чувствовала древнюю магию этого места. Она была текучей, постоянно меняющейся, как сама морская вода. Мощной, но невероятно печальной. Осколок Зари на моей шее вибрировал все сильнее, указывая путь – только вверх.

На одном из пролетов нас ждала ловушка. Едва Каэден ступил на площадку, как из отверстий в стене вылетели десятки отравленных бронзовых дротиков. «Назад!» – крикнул он, отталкивая нас.

Смертоносные дротики врезались в стену – всего в шаге от нас.

«Древние Хранители Воды не любили незваных гостей» – мрачно констатировал Каэден.

«Как нам пройти?» – с отчаянием спросил Йорген.

Я подошла к стене и заметила на ней едва различимые символы, похожие на морские волны.

«Подождите, – сказала я. – Думаю, знаю, что делать».

Я закрыла глаза и сосредоточилась, представляя не свет, а воду. Спокойную, текущую. Я мысленно направила эту энергию на символы. Те вспыхнули нежно-голубым светом, и раздался тихий щелчок – ловушка была обезврежена.

«Неплохо, Элара, – с удивлением сказал Каэден. – Твои таланты не ограничиваются магией света».

Мы продолжили подъем. Башня была лабиринтом, полным опасностей. Мы проходили через разрушенные залы для ритуалов, мимо библиотек, где истлевшие свитки рассыпались в прах от одного прикосновения.

Иногда в темных коридорах мне казалось, что мы не одни. Я слышала шепоты, похожие на плеск волн, видела призрачные тени.

Однажды перед нами возникла полупрозрачная фигура молодой женщины в развевающихся одеждах. Её глаза были пусты. Призрак. От неё веяло такой скорбью, что перехватило дыхание. Она посмотрела на нас – и бесшумно растворилась в воздухе.

«Неупокоенные души Аквалона... – прошептал Йорген, смертельно бледный. – Они всё ещё здесь...»

Наконец, лестница вывела нас в огромный круглый зал на самой вершине. Крыша обвалилась, и сквозь дыру виднелось хмурое, свинцово-серое небо.

И там, в самом центре, на постаменте из голубоватого, словно изо льда, камня покоилось оно – древнее, спящее

Сердце Воды. Это была огромная, идеальной формы сфера из чистейшей, прозрачной, но постоянно бурлящей, живой воды. Она медленно вращалась, переливаясь всеми оттенками синего и зеленого. От нее исходило мягкое, жемчужное сияние и первозданная сила могучего океана. И она пела. Чарующий, мелодичный хрустальный звон.

Рядом с ней, спиной к нам, стояла таинственная фигура. Высокая, стройная, в длинной темно-синей мантии, расшитой серебряными волнами. Она медленно повернулась. Это была женщина. Неземной, болезненно прекрасная, но ее красота была холодной, как глубина океана. Кожа была бледной, как жемчуг, а огромные глаза – цвета самой чистой морской волны. В их глубине таилась не только вековая мудрость, но и невыносимая, всепоглощающая печаль.

«Вы все-таки пришли, долгожданные гости, – ее голос был тихим, мелодичным, как шум прибоя. – Я так долго чувствовала ваш нелегкий приход. Приход истинного Дитя Света и Искры. И... – ее взгляд с удивлением остановился на Каэдене, – ...и отважного, но заблудшего воина, который все еще несет в своей израненной душе негасимый свет».

«Кто вы?» – спросила я, подходя ближе. Сердце Воды властно притягивало меня. «Меня зовут Амарея, дитя Света, – она печально улыбнулась. – Я – последняя из жриц этого некогда великого Аквалона. И последняя Хранительница этого священного Сердца. И я, моя отважная Элара, ждала тебя здесь очень, очень долго».

Глава 53. Последняя Жрица Аквалона

«Я ждала тебя, Элара, очень, очень долго», – мягко повторила Амарея, и ее мелодичный голос, как шум прибоя, наполнил зал. Сияющая сфера Сердца Воды мерно пульсировала в такт ее словам.

Каэден стоял напряженно, его рука не отпускала эфес меча. Но я не чувствовала угрозы. От этой женщины исходили покой, мудрость и древняя сила. Сердце Света на моем поясе вспыхнуло теплым, приветственным светом. «Вы... знали, что я приду?» – спросила я.

«Древние пророчества редко ошибаются, Дитя Искры, – печально улыбнулась Амарея. – Они говорили о той, что несет Животворящую Искру. О той, что соберет утерянные Сердца Мира. Я – лишь одна из многих, кто ждал твоего спасительного появления». «Одна из многих? – удивилась я. – Значит, в Этерии еще есть другие Хранители?»

«Увы, дитя, немногие помнят древние клятвы, – кивнула Амарея. – С каждым веком нас все меньше. Всепоглощающая Тьма и отчаяние – сильные яды. Я – последняя из жриц этого Храма Воды. И последняя Хранительница этого Сердца. Я осталась здесь, когда мой любимый Аквалон пал, чтобы сберечь его силу до твоего прихода».

«Что же случилось с этим городом?» – резко спросил Каэден. На лице Амареи легла тень. «Аквалон был жемчужиной Этерии. Городом гармонии, искусства и магии воды. Мы жили в мире с океаном, черпая из него силу и мудрость. Но потом... пришла Тень». Она надолго замолчала. «Это был не тот Повелитель, которого ты знаешь, Элара. Тогда он был другим. Молодым, гениальным, могущественным Хранителем Света. Но его душа уже была отравлена жаждой власти и запретными знаниями. Он пришел в Аквалон, требуя подчинения. Требуя отдать ему наше священное Сердце Воды для своих темных экспериментов».

«И вы отказали», – догадалась я. «Да. Мы не могли поступить иначе. Отважные маги Аквалона вступили с ним в отчаянную битву. Мы победили... но он оказался хитрее. В последний момент он использовал запретное заклинание, чтобы поглотить Сердце Воды. Но что-то пошло не так. Заклинание вызвало немыслимый катаклизм. Океан, словно разгневанное божество, обрушился на наш сияющий город, в одно мгновение поглотив его». Амарея тяжело вздохнула. «Я была одной из немногих, кто чудом выжил. Я укрылась в этой башне и с тех пор храню его силу, ожидая ту, что сможет его пробудить».

«Пробудить? – я с трепетом посмотрела на водную сферу. – Разве оно не живо?» «Оно живо, дитя. Но глубоко ранено. Оно спит тяжелым сном, – Амарея нежно коснулась сияющей поверхности. – Его сила ослабла под гнетом Тени. Оно отчаянно нуждается в твоей Искре. В чистоте твоего света. Только ты сможешь вернуть ему былую мощь». «Что я должна сделать?» – спросила я, чувствуя, как во мне растет отчаянная решимость. «Ты должна не просто прикоснуться. Ты должна войти в него».

«Войти... в него?» – мы с Каэденом недоверчиво переглянулись. «Да. Не бойся. Сердце Воды примет тебя. Ты должна погрузиться в его суть и своим светом исцелить раны, нанесенные тьмой. Но это будет опасно. Вода помнит все – и сияющую гармонию Аквалона, и невыносимую боль его гибели. Тебе придется встретиться с этим ужасом лицом к лицу. И не сломаться».

Я с надеждой посмотрела на Каэдена. В его глазах была твердая, несокрушимая поддержка. «Я буду рядом, Элара, – уверенно сказал он. – Я не позволю никому тебе помешать». «А ты, мой заблудший воин, – Амарея с нежностью посмотрела на него, – твоя душа все еще борется со светом. Но это Сердце может помочь и тебе. Если ты позволишь. Его чистота способна смыть даже самые глубокие шрамы».

«Время пришло, Элара, – торжественно сказала Амарея. – Пока Иллирий и его приспешники зализывают раны, у нас есть шанс. Подойди. И доверься этому Сердцу». Я глубоко вздохнула и сделала решающий шаг к сияющей сфере.

Сердце Воды было теплым, живым. Когда я коснулась его обеими ладонями, оно вспыхнуло ослепительным светом. Неведомая сила медленно, как прилив, потянула меня внутрь, в свои бездонные глубины. Мир исчез, сменившись сияющим океаном света. Я слышала шепот волн, песни китов, смех дельфинов. Я видела легендарный Аквалон во всем его великолепии – белоснежные башни, жемчужные мосты, сказочные подводные сады.

Но потом прекрасное видение сменилось ужасом. Я увидела всепоглощающую тьму, тень Повелителя, ярость обезумевшей стихии. Боль, отчаяние и смерть. Ужасные образы пытались поглотить меня, утопить в скорби. Но я держалась. Вспоминала свет Корней Мира, тепло Сердца Горы, сияние Осколка Зари. Я призвала свою Искру.

И я, сама не зная как, начала петь. Не голосом, а душой. Это была древняя песнь надежды. Песнь всеисцеляющего света. Песнь вечной жизни. И моя песня слилась с могучей песней самого Сердца Воды.

Когда я очнулась, я стояла на коленях перед сияющим кристаллом. Но все вокруг было другим. Древнее Сердце Воды сияло невероятно ярко, его живительный свет изгонял последние тени. Вода в озере была кристально-прозрачной, и в ее глубине мерцали мириады живых звезд. Амарея смотрела на меня, и по ее щекам текли слезы. «Ты сделала это, дитя, – прошептала она. – Ты не просто пробудила его. Ты исцелила его».

Я посмотрела на свои руки. Они светились теплым золотистым светом. По телу разливался прилив неземной силы. Моя Искра стала глубже, сильнее, мудрее. Камень от Сердца Горы на моем поясе вспыхнул багрово-золотым светом, и его энергия слилась с энергией Сердца Воды и моей Искрой. Они больше не были разрозненными силами. Они стали единым, невероятно могущественным целым.

И тут я снова услышала тот древний, неземной голос в своей голове. «Два священных Сердца пробуждены... Великий Путь пройден... Но Тень все еще сильна... и она уже близко... Ты должна спешить... найти последнее, самое могущественное Сердце... Легендарное Сердце самих Небес... Только тогда, объединив их все три... ты сможешь...» Голос оборвался. Башня содрогнулась от сокрушительного удара. С потолка посыпались камни. А снаружи донесся новый, оглушительный, нечеловеческий рев.

«Что это?!» – в ужасе крикнул Каэден. Амарея смертельно побледнела. «Он... он пришел... Великий Страж этих Глубин... Он почувствовал пробуждение Сердца... И он никогда не отдаст его нам без смертельного боя...»

Глава 54. Гнев Глубин и Ярость Повелителя

Древний, неземной голос еще не успел затихнуть, как башня содрогнулась от сокрушительного удара. С потолка посыпались камни. Снаружи, со стороны моря, донесся яростный, нечеловеческий рев, от которого вскипела вода в каналах.

«Он... пришел... – прошептала Амарея, ее лицо смертельно побледнело. – Великий Страж этих Глубин... Он почувствовал пробуждение Сердца... И он никогда не отдаст его без смертельного боя...»

Не успела она договорить, как стена башни с оглушительным треском рухнула внутрь. В пролом хлынул поток морской воды, а за ним показалось ОНО. Первобытное чудовище из самых страшных морских легенд. Его гигантское, извивающееся тело, покрытое черной, переливающейся чешуей, напоминало и змея, и кракена. Его бесформенная голова была усеяна несколькими парами бездонных, абсолютно черных глаз, в которых горел холодный, потусторонний огонь. Десятки, если не сотни, гибких щупалец с хитиновыми когтями извивались вокруг него, с легкостью круша вековые камни. Это был Страж Глубин.

Он издал новый, оглушительный рев, и одно из его щупалец метнулось к сияющему Сердцу Воды. «Ни за что! – с отчаянным криком Каэден бросился вперед, выставляя меч. Йорген, бледный от ужаса, мужественно встал рядом с ним.

Амарея резко вскинула руки. Вода из озера у подножия кристалла взметнулась вверх, образуя перед артефактом мерцающий водяной щит. Щупальце с сокрушительной силой ударило в него. Щит задрожал, но выдержал. «Элара! Помоги мне! – голос Амареи срывался от усилия. – Это Сердце теперь связано с тобой! Мы должны его защитить!»

Ужас парализовал меня, но вид отчаянно сражающихся друзей вывел из ступора. Я знала, что должна делать. Я шагнула вперед, вставая рядом с Амареей. Закрыла глаза и сосредоточилась на своей Искре, на силе, что пробудилась во мне. Я почувствовала, как она сливается с энергией Сердца Воды, с его древней песней. «Свет и Вода! Отныне и вовеки – вместе!» – беззвучно выдохнула я.

Мощный, ослепительный луч, сотканный из золотистого света и бурлящей воды, ударил чудовище в голову. Страж нечеловечески взревел от боли и ярости. Он инстинктивно отшатнулся, его щупальца слепо крушили стены башни. «Так держать, дитя!» – крикнула Амарея, направляя все новые потоки воды на монстра.

Каэден и Йорген с безумной яростью бросились вперед, их оружие обрушивалось на щупальца, прорывавшиеся через наши барьеры. Битва бушевала. Страж был немыслимо силен. Его чешуя была непробиваемой, а щупальца двигались с молниеносной скоростью. Несколько раз они едва не доставали меня или Амарею, и лишь отчаянные выпады Каэдена спасали нас. Я чувствовала, как моя сила иссякает. Но я смотрела на измученное лицо Амареи, на окровавленное, но непреклонное лицо Каэдена, на бледное, но отважное лицо Йоргена. И я знала, что не могу сдаться.

«Его глаза, Элара! Смотри на его глаза! – крикнул Каэден. – Они другие! Не как у Порченых!» Я всмотрелась. В
огромных черных глазах чудовища не было слепой ярости.
В них была... невыносимая, вселенская боль. И детский,
беззащитный страх. «Он... не злой... – прошептала я. –
Он страдает. И боится...» «Опомнись, дитя! – крикнула
Амарея. – Он пытается нас убить!» «Нет... – покачала я
головой. – Он защищает это место. Он ранен. Так же, как
и это Сердце».

Я снова закрыла глаза. И направила на Стража не
атакующую энергию, а волну искреннего сострадания.
Чистого, всепрощающего света. Я почувствовала, как моя
Искра, слившись с силой Сердца Воды, коснулась израненного разума чудовища. Я увидела его глазами гибель
Аквалона, ярость стихии, тьму, пытавшуюся поглотить
все живое. Он, этот древний Страж, был частью этого
океана, этого города. И он все эти века отчаянно страдал
вместе с ним.

Страж Глубин замер. Его яростный рев сменился тихим, жалобным стоном. Его щупальца безвольно опусти-
лись в воду. Он медленно посмотрел на меня, и в его глазах
больше не было ярости. Лишь бесконечная, невыносимая
печаль. А затем он очень медленно склонил свою огромную голову в знак уважения. И так же медленно начал по-
гружаться обратно в бушующие воды, исчезнув в их темных
глубинах. Тишина. Оглушающая, нереальная.

Мы долго стояли, не в силах вымолвить ни слова. «Ты...
ты сделала это, моя невероятная Элара, – прошептала Амарея, на ее щеках блестели слезы. – Ты не просто победила
его. Ты его поняла. Услышала. Исцелила».

Я сильно покачнулась. Последние силы покинули меня.
Каэден тут же подхватил меня. «Элара, ты как?» – его го-

лос был полон отчаянной тревоги. «Я... очень устала, Каэден...» – прошептала я, веки опускались.

Сияющее Сердце Воды горело ровным, умиротворяющим светом, его хрустальная песня стала божественно прекрасной. Мне показалось, что сам воздух в башне стал чище. Но наше спокойствие было обманчивым.

Внезапно Осколок Зари на моей шее вспыхнул пронзительным, кроваво-красным светом. А камень от Сердца Горы стал ледяным. «Что это еще такое?!» – напрягся Каэден. И тут мы все услышали его. Далекий, но безошибочно узнаваемый, леденящий душу звук. Боевой рог Ноктурна. Их было много. Целый флот. Всемогущий Повелитель не просто снова нашел нас. Он пришел за нами сам. Он пришел за священным Сердцем Воды. И он привел с собой всю свою несокрушимую армию.

Глава 55. Объединенные Сердца

Многоголосый звук боевых рогов Ноктурна разорвал тишину, неся с собой предвестие гибели. Из-за туманного горизонта, один за другим, появлялись черные, хищные силуэты боевых кораблей. Целая армада, посланная самим Повелителем.

«Он все-таки здесь... – Амарея, последняя Жрица Аквалона, стояла на краю площадки. В ее глазах горела холодная, несокрушимая решимость. – Он пришел за Сердцем Воды. И за тобой, мое бесценное Дитя Искры».

Каэден с глухим рычанием сжал эфес меча. «Их слишком много. Мы не сможем удержать башню». Йорген, наш юный моряк, хоть и был бледен от страха, но крепко сжимал свой тесак. «Мы будем сражаться, милорд. До последнего вздоха».

Я посмотрела на сияющую сферу пробужденного Сердца Воды. Оно спокойно пульсировало, и я чувствовала его безграничную силу, его мистическую связь со мной. Я знала, что не позволю Повелителю осквернить его. «Мы не должны позволить им захватить это Сердце», – сказала я, и мой голос прозвучал на удивление твердо. Осколок Зари, Сердце Леса и камень от Сердца Горы тут же вспыхнули в ответ.

«Амарея, у башни есть какая-то защита?» – с отчаянной надеждой спросил Каэден. «Увы, большинство было разрушено, – печально покачала головой Жрица. – Но... – ее взгляд обратился к Сердцу Воды, – ...само это Сердце – наша главная защита. Если мы сможем направить его мощь...»

Флот Ноктурна уже подходил к руинам. Воины в черных доспехах, словно саранча, высаживались на острова и крыши. А на гигантском флагмане стоял Он. Сам Повелитель. Рядом с ним, как верные псы, – Морвен и Иллирий. «Похоже, на этот раз Повелитель решил прихватить всю свою компанию», – мрачно заметил Каэден.

«Мы должны продержаться, – Амарея вскинула руки, и вода из озера взметнулась вверх, образуя вокруг башни плотный, бурлящий водяной барьер. – Каэден, Йорген, защищайте нижние уровни! Элара, ты останешься со мной. Мы должны усилить щит». Я встала рядом с ней, направляя свою Искру на водяной барьер. Он стал еще плотнее, в его струях вспыхивали золотистые искорки.

Началась яростная атака. Воины Ноктурна карабкались по стенам, используя крюки из темной энергии. Иллирий направлял на нас потоки черной магии. Амарея отвечала на каждую атаку, создавая гигантские водяные плети, которые сбивали воинов и разбивали темные заклинания. Я же, из последних сил, поддерживала щит и отбрасывала лучами света тех, кто подбирался слишком близко.

Бой был безумным. Башня содрогалась. Крики, лязг стали, рев магии смешались в апокалиптическую какофонию. «Они прорываются, дитя мое! – крикнула Амарея, когда несколько воинов сумели высадиться на нашу площадку. Она, не прекращая поддерживать щит, метнула в ближайшего врага острое ледяное копье. Я тоже вступила в бой, мои световые удары отбрасывали нападавших в ревущую бездну. Но их было слишком много.

Внезапно я почувствовала, как моя Искра стала... другой. Гораздо сильнее, глубже. Я посмотрела на Сердце

Воды. Оно пульсировало все быстрее, и я услышала в своей голове его песню – не просто звон, а осмысленные слова на языке первых Хранителей. Это была древняя, могучая песнь первозданной силы. Песнь океана. Песнь жизни. И я поняла, что должна делать.

«Амарея! Отойдите! – закричала я, чувствуя, как по телу разливается неземная сила. – Я попробую использовать его истинную мощь!» Жрица с ужасом и надеждой посмотрела на меня. «Будь осторожна, дитя! Это может быть смертельно опасно!» Я шагнула к Сердцу Воды и без страха положила на его живую поверхность обе ладони. Я позволила его божественной энергии течь через меня, смешиваясь с моей Искрой, с силой Сердца Горы и Сердца Леса.

Я вскинула руки, и из них с ревом вырвался не просто луч света, а гигантский водяной смерч, в котором плясали мириады молний и солнечных искр. Он обрушился на корабли Ноктюрна. Раздались крики ужаса. Вражеские корабли, как щепки, переворачивались и разлетались на куски, увлекая в пучину сотни воинов.

Сам Повелитель на флагмане отшатнулся, его лицо исказила гримаса ярости. Он вскинул руку, и иссиня-черная молния ударила в мой смерч. Две первобытные силы – мой объединенный свет и его всепоглощающая тьма – столкнулись с оглушительным грохотом. Башня задрожала. Я чувствовала, как моя энергия иссякает. Повелитель был все еще немыслимо силен.

И тут я услышала его. Голос Каэдена. «Элара! Держись! Я с тобой!» Он одним прыжком оказался рядом, его меч был вызывающе направлен на Повелителя. А за его спиной... я с восторгом увидела Старого Финна и его команду! Они каким-то чудом починили «Морскую Звезду» и причалили к башне, чтобы прийти нам на помощь!

«Не ожидал такого приема, Повелитель?» – с издевательской усмешкой крикнул Финн. Лицо Повелителя исказил новый приступ ярости. «Жалкие букашки! Вы все сегодня погибнете!» Он с удвоенной силой направил на нас удар своей черной тьмы.

Но теперь я была не одна. Амарея, Каэден, Финн, Йорген и его моряки – все они несокрушимой стеной стояли рядом. И могущественное Сердце Воды сияло так ярко, как никогда раньше. Мы, все вместе, как один, встретили этот сокрушительный удар. И на этот раз... всепоглощающая, вечная тьма наконец-то дрогнула.

Глава 56. Рассвет над Аквалоном

Всепоглощающая тьма Повелителя столкнулась с отчаянным светом последних защитников Аквалона. Вершина древней башни превратилась в арену апокалиптической битвы.

Повелитель был в безумной ярости. Его лицо исказила звериная злоба, когда его первая, сокрушительная атака была дерзко отражена. «Жалкие насекомые! – взревел он, его голос прогремел над морем. – Вы действительно думаете, что сможете остановить меня?!»

Он вскинул руки, и из глубин моря, словно по его приказу, начали подниматься новые, еще более зловещие тени – отвратительные, многоглазые существа, сотканные из первобытного мрака. «Дети мои, берегитесь! Это слуги самой Бездны!» – с ужасом крикнула Амарея. Она взмахнула руками, и гигантские водяные змеи поднялись из озера, бросаясь на теневых монстров.

Каэден, Финн и его моряки сгрудились вокруг нас, отбивая атаки воинов Ноктурна, прорвавшихся на площадку. Воздух наполнился криками, лязгом стали и запахом крови. Я знала, что мы не сможем долго продержаться. Повелитель был нечеловечески могущественен. Его теневые создания разрывали водяных змей Амареи, а его темная магия пробивала наши защитные барьеры.

«Элара! Сосредоточься! – голос Каэдена прорвался сквозь шум битвы. Он прикрывал меня своим телом от темного копья, посланного Иллирием с палубы вражеского корабля. – Только ты одна сможешь его остановить!»

Я с отчаянием посмотрела на фигуру Повелителя. Он с наслаждением собирал в руке огромный шар из концентрированной тьмы. Я знала, что если этот шар коснется башни, от нас ничего не останется. Первобытный страх сковал мое сердце. Я не смогу. Он слишком силен.

Но тут я почувствовала тепло артефактов. Осколок Зари, Сердце Леса, камень от Сердца Горы – все они вспыхнули, наполняя меня новой энергией. И я снова услышала голоса в своей голове. Голоса Хранителей. «Ты не одна... Мы верим в тебя... Твой свет – наша последняя надежда...»

И я поняла. Я не должна была сражаться с его тьмой своей яростью. Я должна была быть чистым, всеисцеляющим светом. Я закрыла глаза и позволила своей Искре расти, наполняясь объединенной энергией трех Сердец Мира. Во мне родилось нечто большее. Совершенная гармония.

Когда я открыла глаза, я уже не была прежней. Я была проводником первозданного Света. Я подняла руки, и из меня хлынул поток не обжигающего луча, а мягкого, теплого, золотистого сияния. Оно окутало башню, море, корабли Ноктурна.

Теневые создания с визгом отчаяния начали распадаться, превращаясь не в пепел, а в сверкающие капли чистой воды. Воины Ноктурна замерли, роняя оружие, с ужасом и благоговением глядя на немыслимое сияние. Даже Повелитель на миг опустил руку. Шар тьмы в его ладони дрогнул и начал тускнеть. В его звездных глазах впервые отразилось неверие. «Что... это за дьявольская магия?!» – прошипел он. «Это не магия, Повелитель. Это Свет, – голос Амареи прозвучал сильно и торжествующе. – Тот самый Свет, который ты когда-то предал».

Мой свет становился все ярче, разгоняя многовековой мрак. Он касался руин Аквалона, и мне показалось, что они на миг ожили. Он касался израненных моряков, и их стоны затихли. Он коснулся Каэдена, и напряжение покинуло его лицо, сменившись благоговейным удивлением.

Но Повелитель не собирался сдаваться. С яростным ревом он собрал всю свою темную энергию и обрушил ее на меня. «Тьма всегда побеждает свет! Таков закон этого мира!» Два первобытных потока – мой свет и его тьма – столкнулись с апокалиптическим грохотом. Это была битва двух воль, двух вер, битва за душу Этерии.

Я чувствовала, как моя сила иссякает. Повелитель был все еще немыслимо силен. «Элара! Держись! Не сдавайся!» – донесся до меня отчаянный крик Каэдена. И тут произошло невероятное.

Три моих артефакта вспыхнули в унисон. Их первозданная энергия слилась с моей Искрой, образуя единый, несокрушимый поток. Но это был уже не просто свет. В нем была сила земли, мудрость леса и мощь океана. Я из последних сил направила этот поток на Повелителя.

Он закричал. В его голосе был не только гнев, но и животный страх. Его темная энергия дрогнула и начала рассеиваться. Фигура Повелителя начала меняться. Его зловещие одежды истаивали, открывая под ними... что-то забытое. До боли знакомое. Я увидела его настоящее лицо. Невероятно молодое. Прекрасное. И полное невыразимого страдания. Это было лицо, которое я видела в своих видениях. Лицо того, кем он был до своего падения.

«Нет... этого не может быть...» – одними губами прошептал он, с ужасом глядя на свои руки, которые обретали человеческую плоть. Мой свет полностью окутал его дрожащую фигуру. И на мгновение мне показалось, что вековая тьма в его глазах отступила, уступив место... запоздалому раскаянию. А потом он просто исчез. Растворился в этом всепрощающем свете.

Корабли Ноктурна, лишившись предводителя, замерли в беспорядке. А затем начали медленно, с опаской, уходить на север. Я тяжело опустилась на колени. Свет вокруг меня начал гаснуть. Эта страшная битва была окончена.

Глава 57. Рассвет Новой Надежды

Всепоглощающий свет, хлынувший из объединенных Сердец Мира, медленно угасал, оставляя после себя звенящую тишину и запах морского бриза. Я тяжело опустилась на мокрые камни, чувствуя невыносимую опустошенность и одновременно – неземное умиротворение.

Повелитель исчез. Бесследно. Растворился в этом всепрощающем свете. Было ли это уничтожением? Или невероятным преображением? Я не знала. Корабли Ноктурна, лишившись предводителя, в панике отступали, их темные паруса таяли за горизонтом. Битва за Аквалон была окончена. Мы победили.

Каэден, израненный, но несокрушимый, подбежал ко мне. «Элара... ты... ты сделала это...» – прошептал он, его голос дрожал. Амарея, последняя Жрица, подошла следом, в ее глазах стояли светлые слезы. «Всемогущий Свет восторжествовал над Тенью, мое отважное дитя. Ты исполнила самую трудную часть древнего пророчества».

Старый Финн и его уцелевшие моряки, включая раненого, но несломленного Йоргена, молча, с благоговейным трепетом, смотрели на нас. «Что стало с ним?» – с трудом выдавила я. «Не знаю, милая Элара, – покачала головой Амарея. – Возможно, твой свет сумел очистить его истерзанную душу. А возможно, он просто вернулся в ту бездну небытия, из которой когда-то восстал».

Мы долго молчали, глядя на успокаивающееся море. Занимался рассвет, окрашивая руины Аквалона в нежно-розовые тона. Этот древний город впервые за много веков облегченно вздохнул. Вода в каналах стала чище, а на камнях пробивались первые ростки травы. Сердце Воды на своем постаменте сияло ровным, умиротворяющим светом, его хрустальная песня стала плавной и убаюкивающей.

Но победа досталась дорогой ценой. Двое моряков погибли. Капитан Финн был ранен в плечо, а рана Каэдена снова открылась. Но мы выстояли.

В последующие дни мы занимались восстановлением. Амарея, используя силу Сердца Воды, начала исцелять Аквалон. Я, как могла, помогала ей, учась у мудрой Жрицы давно забытым техникам магии воды. Каэден и уцелевшие моряки чинили нашу израненную «Морскую Звезду». Мы много разговаривали. О Повелителе, о нашем будущем, о судьбе Этерии.

«Даже если он исчез, – сказал однажды Каэден, когда мы сидели на берегу, – его темное наследие – Ноктюрн, его слуги, Сумрачная Порча – все это осталось. Наша борьба только начинается». «Я знаю, – тихо ответила я. – Древний голос говорил, что я должна не просто пробудить, а соединить все Сердца Мира. Мы пробудили три. Но есть еще одно... последнее... Сердце Небес».

«Легендарное Сердце Небес... – Амарея, неслышно подошедшая к нам, посмотрела на небо. – Легенды говорят, что оно спрятано на вершинах Драконьих Зубов, в затерянном монастыре воздушных магов. Но никто не знает, существует ли оно на самом деле». «Но мы должны попытаться, – сказала я с новой, стальной решимостью. – Это наш единственный шанс». Каэден посмотрел на меня, и в его глазах была непоколебимая вера. «Я всегда буду с тобой, Элара. Куда бы ты ни пошла».

«Что ж, дети, – крякнул Старый Финн, присоединившись к нам. – Если наше Дитя Искры снова отправляется в путь, то моя «Морская Звезда» всегда к ее услугам. Не могу же я пропустить все самое интересное!» Он весело подмигнул Йоргену.

Так, на берегу возрождающегося Аквалона, было принято наше новое решение. Наша цель – легендарное Сердце Небес.

Через несколько недель, когда «Морская Звезда» была готова к плаванию, а наши раны затянулись, мы тепло попрощались с Амареей. «Пусть вечный Свет Хранителей освещает ваш путь, – сказала она, по-матерински обнимая меня. – И помни, Элара, истинная сила не в разрушении, а в созидании. В гармонии со всем сущим». Она вложила мне в руку мешочек с ароматными травами. «Это тебе пригодится в горах. Защитит от ледяных объятий ветра».

Мы поднялись на палубу нашей верной «Морской Звезды». Корабль взял курс на далекий север, к грозным, покрытым снегом Драконьим Зубам. Я стояла на носу, рядом с Каэденом, и смотрела на бескрайнее море. Путь предстоял долгий и опасный. Но теперь я была не одна. У меня были верные друзья. Была высокая, священная цель. И была невероятная сила – сила Света, сила Любви, сила Надежды.

Я знала, я верила всем сердцем, что на этот раз мы обязательно справимся. Вместе. Молочно-белый Осколок Зари на моей шее, словно подтверждая мои мысли, слабо, но уверенно светился, его невидимый лучик упрямо указывал нам путь вперед – к новым приключениям, к новым испытаниям, к тому светлому будущему, которое мы все вместе должны были отвоевать у вечной тьмы. Наша истерзанная Этерия ждала своего исцеления. И мы, ее последние дети, уже шли к ней.

Конец первой книги

www.svarog.nl